집행자

집행자

묘재 현대 판타지 소설

④

〈완결〉

뿔미디어

목차

1 장
최후의 삼인

고오오오오오-.

 대폭발이 일어난 후, 지하 벙커의 모든 구조물이 파괴되며 희뿌연 먼지 구름이 사방을 덮었다.

 간신히 무너지지 않고 버틴 지하 벙커는 넓은 동공(洞空)이 됐다.

 엘더들의 전력이 담긴 에너지와 정단오가 부딪치며 만들어낸 폭발은 핵실험을 연상시켰다.

 과장이나 허풍이 아니다.

 말 그대로 핵실험에서나 느낄 수 있는 강렬한 에너지의 파동이 천지를 뒤흔들었다.

 섬광이 멎고, 먼지가 걷히고 드러난 풍경은 처참했다.

 대한민국을 넘어 아시아 최강이라 자부하던 원로회 한국

지부 엘더들의 시신이 이리저리 얽혀 있었다.

붉은 핏방울은 그다지 잔인해 보이지도 않았다.

권력과 재물에 눈이 멀어 조국을 유린했던 원로들의 시체가 비현실적인 분위기를 자아냈다.

그 와중에도 살아있는 이들이 있었다.

공식적으로 원로회를 대표하던 백영운이 온몸을 바쳐 지켜낸 대통령과 국방부 장관, 주한미군 사령관.

이들은 만신창이가 됐지만 숨이 붙은 채 바들바들 떨고 있었다.

한 나라와 군대를 좌우하며 원로회와 손잡고 악행을 벌여온 사람답지 않았다.

물론 이들 셋만 남은 게 아니다.

진짜 최후의 삼인방은 따로 있었다.

원로회 한국지부 최후의 엘더 세 명이 핏덩이를 토해내고 우뚝 섰다.

10인의 생명력을 모은 에너지 덩어리로도 정단오를 죽이지 못했다.

아직 불멸의 권능이 끊기지 않았다는 걸, 남은 세 명의 엘더는 확실히 알고 있었다.

"어디냐? 어디에 있는 게냐!"

산발이 된 엘더 한 명이 노호성을 토해냈다.

온몸에 피칠갑을 한 채 절규하는 모습이 광인(狂人)과 다름없었다.

원로회 한국지부의 거의 모든 것이 증발해 버렸다.

미치지 않고서는 견디기 힘든 현실이다.

그러나 옆에 선 두 명의 엘더가 비교적 차분한 목소리로 동료를 진정시켰다.

오랜 세월 쌓아온 능력과 경험이 헛것은 아닌 모양이다.

"화를 낮추고 기운을 모으게. 여기서 놈을 쓰러트리기만 하면 모든 것을 원래대로 돌릴 수 있네."

"엘더들이 다 죽었는데도 말인가!"

"뒤를 보게! 아직 대통령과 국방 장관, 주한미군 사령관이 살아있네! 놈만 죽이면 이들을 주축으로 아무 일도 없었다는 듯 혼란을 수습할 수 있지 않겠나-!"

그제야 먼저 고함을 질렀던 원로가 고개를 끄덕였다.

그의 눈에는 짙은 살기가 떠올라 있었다.

어떻게든 정단오를 죽이고 모든 것을 원래대로 되돌리겠다는 의지가 엿보였다.

그 순간, 시야 저편에서 흐릿한 그림자가 나타났다.

지하 벙커에 모인 원로회 한국지부 엘더를 세 명만 남기고 모조리 쓸어버린 정단오였다.

그의 신형은 뒤편에서 신음을 흘리던 대통령과 국방부 장관, 그리고 주한미군 사령관으로 하여금 경기를 일으키게 만들었다.

국가 최고의 수뇌부에게 핵폭탄도, 북한의 기습 공침도 아닌 정단오 한 명이 가장 두려운 존재가 된 것이다.

만약 남아있는 최후의 엘더 삼인이 정단오를 쓰러트리지 못한다면……

상상만 해도 끔찍한 일이 펼쳐질 것이다.

대한민국은 오늘 이 자리에서 수뇌를 잃게 될지도 모른다.

현실 세계의 머리인 대통령은 물론이고, 능력자 세계의 머리인 원로회마저 박살이 날 수 있다.

정단오에게 남은 것은 화룡점정(畵龍點睛)이다.

최후의 엘더 삼인방을 쓰러트리고 원로회 한국지부의 뿌리를 뽑아내는 것.

그리고 뒤에서 벌벌 떨고 있는 가증스러운 위정자들을 처단해 진정한 혼돈을 불러오는 것.

반면 엘더들은 정단오 하나만 죽이면 모든 걸 없던 일로 돌릴 수 있다는 희망을 품고 있었다.

서로 다른 희망을 품고 있으면, 결국 한쪽을 쓰러트려야 한다.

"와라. 이 괴물아!"

아직 힘이 남았는지, 다혈질인 엘더가 고래고래 소리를 질렀다.

그 사자후(獅子吼)에는 일반인이 들으면 다리가 휘청거릴 정도로 강대한 에너지가 담겨 있었다.

하지만 연기를 뚫고 나타난 정단오를 비웃음을 머금을 뿐이었다.

늘 깔끔하던 블랙 슈트는 여기저기 찢어졌고, 옷 사이로 드러난 새하얀 몸 곳곳에서 자잘한 상처가 보였다.

불멸의 권능을 부여받은 정단오도 상처를 입고 피를 흘린 것이다.

엘더 10인의 생명력을 모아 만든 에너지 파동이 효과가 없지는 않았던 모양이다.

그러나 정단오는 조소를 흘리며 입을 열었다.

"누가 괴물인가? 늙지도, 죽지도 못하는 내가 괴물인 것인가. 아니면 탐욕을 버리지 못해 능력자 세계의 룰을 어기고, 조국을 지킨 독립군의 후손들을 죽여 가며 사리사욕을 챙긴 너희가 괴물인 것인가?"

"이익-! 대의를 위하여!"

"무슨 대의!"

정단오가 눈을 부릅떴다.

엘더의 궤변이 그를 분노하게 만든 것이다.

그의 눈동자에는 살기가 아닌 귀기(鬼氣)가 서려 있었다.

무려 100년을 은거하며 조국의 부조리한 현실을 바라봐야 했던 불멸자의 분노가 검은 눈동자에 응축됐다.

정단오가 그답지 않게 피를 토하듯 절절한 심정을 뱉어냈다.

"권력자들과 결탁하여 천년만년 너희만을 위한 세상을 만드는 게 대의란 말인가-!"

그의 외침은 엘더가 뿜어냈던 사자후와 비교되지 않을 정도로 강력한 힘을 담고 있었다.

능력자 세계의 정점에 서있는 엘더들도 고막이 흔들리는 듯 인상을 찌푸렸다.

그들은 정단오의 분노를 접하고도 양심의 가책을 느끼지 않았다.

그럴 양심이 있었다면 원로회 한국지부를 비리의 온상으로 만들지도 않았을 것이다.

다만 예상을 뛰어넘는 정단오의 강함에 당황할 따름이었다.

"말이 길었군. 어차피 말이 통하는 상대가 아님에도."

냉소를 거둔 정단오의 얼굴에서 표정이 사라졌다.

비웃음을 흘릴 때보다 훨씬 무서워 보였다.

굳게 닫힌 입술, 오뚝 솟은 콧날 위로 검게 빛나고 있는 눈동자.

짙은 눈썹 위에서 가볍게 찰랑거리는 흑발.

검은색과 극명한 대비를 이루는 핏기 없이 새하얀 피부까지.

정단오는 조물주의 정성이 느껴지는 피조물이다.

그런 그가 표정도, 감정도 마음 깊이 억누른 채 오른팔을 들었다.

그의 오른손 위에는 새하얀 뇌전의 기운이 넘실거리고 있었다.

"인드라(Idra)."

나직한 읊조림이 끝났다.

하지만 그로 인한 결과는 어마어마했다.

경비 병력을 초토화시키고 지하 벙커를 파괴한 주역, 하늘에서 잠시 빌려온 뇌전의 힘이 또다시 번쩍였다.

콰자자자작-.

요동치며 뻗어나간 뇌전이 세 명의 엘더를 노렸다.

하지만 원로회 한국지부의 운명을 짊어진 최후의 삼인방도 호락호락하게 당하지는 않았다.

"허튼 수작!"

우우우웅-.

나이를 잊은 외침과 함께 무형의 방패가 생성됐다.

허공에 솟아난 방패막이 인드라의 뇌전을 막아냈다.

그동안 나머지 두 명은 빠른 속도로 정단오에게 접근했다.

최후의 삼인방 중 한 명은 원거리 공격에 능했고, 지금 달려드는 두 명은 근거리 박투의 능력자들이다.

동료에게 방어를 맡기고 근접전으로 싸움 양상을 바꾸려는 전략은 탁월했다.

굳이 말을 맞추지 않아도 알아서 최상의 전략이 나온다.

이것이 대한민국 최고 수준 능력자인 엘더들의 힘이고 경험이었다.

슈우욱!

엘더 두 명이 순식간에 정단오의 지근거리에 도달했다.

공간을 도약하는 모습이 축지법이라도 쓴 것 같았다.

최후의 삼인방 모두 60은 족히 넘긴 노인들이다.

요즘 세상에는 환갑이 청년이라고 하지만, 이들의 외형은 분명 할아버지라 불려도 어색함이 없었다.

그러나 외형과 달리 뿜어내는 에너지와 움직임은 여느 청년 못지않았다.

사실 당연한 일이다.

초현실적 능력으로 육체의 한계를 극복한 엘더들은 혼자서 특수부대 군단을 박살내고도 남는다.

문제는 그들의 상대다.

하필이면 불노, 불사, 불멸의 권능을 부여받은 이터널 마스터 정단오와 싸우게 된 것이다.

과연 최후의 엘더 세 명이 불멸의 권능을 깰 수 있을지, 아니면 정단오가 기어코 엘더들을 남김없이 쓰러트릴지.

여기에 대한민국, 나아가 세계의 미래가 달려 있었다.

파앙!

좌측으로 파고든 엘더의 주먹이 허공을 때렸다.

재빨리 한 발짝 물러선 정단오가 서있던 자리로 공기가 압축되며 터져 나갔다.

그대로 맞았다면 뼈가 으스러지고 오장육부가 한 방에

파괴될 위력이었다.

그러나 절체절명의 순간에도 정단오의 표정은 변하지 않았다.

그는 엘더 둘이 가까이 달라붙은 걸 절체절명이라 여기지도 않는 눈치였다.

쉬이익-.

손을 곧게 펴 칼날처럼 만든 다른 엘더가 정단오의 목을 노렸다.

그는 좌측 엘더의 공격이 실패하자마자 오른쪽에서 기회를 노렸다.

손날에 예리한 수기(手氣)가 맺혀 있었다.

검기보다 더 어려운 경지가 수기다.

검이라는 무기 없이 맨손에 기운을 입혀 강철도 잘라 버리기 때문이다.

맨손이라고 하지만 목을 내줬다간 그대로 동강이 날 것이다.

불멸의 권능이 있다고 해도 여태껏 목이 잘리거나 심장이 꿰뚫린 적은 없었다.

늙고 병들어서 죽지 않는 다는 것일 뿐, 목이 잘리거나 심장이 터지면 정단오의 불멸도 깨질 가능성이 높다.

휘익!

그러나 이번에도 간발의 차였다.

아슬아슬하게 오른쪽에 붙은 엘더의 손을 흘린 정단오가

입술을 깨물었다.

변화가 나타났다는 건 반격이 시작된다는 뜻이다.

그의 왼손에는 이미 지옥의 겁화가 타오르고 있었다.

"타올라라─!"

간결한 외침과 함께 정단오의 왼손이 오른쪽에서 달려든 엘더를 향해 펼쳐졌다.

방금 막 칼날보다 날카로운 손을 휘저었던 엘더는 방어 태세를 갖추지 못했다.

그사이 정단오의 왼손바닥에서 시바의 화염이 쏟아졌다.

화아아아아악!

모든 것을 불태우는 지옥의 겁화가 엘더를 덮쳤다.

그대로 불에 타버릴 게 확실한 상황이었다.

하지만 원거리에서 동료 둘을 예의주시하고 있던 나머지 한 명의 엘더가 가만있지 않았다.

미리 기운을 모아 놓았던 그가 정단오의 반격 타이밍에 맞춰 무형의 공기막을 형성한 것이다.

우우웅!

파바바바바박!

흐릿한 방패막이 엘더 앞을 가로막았고, 정단오가 뿜어 낸 화염이 무형의 막을 뚫지 못하고 좌우로 퍼져나갔다.

간신히 위기를 넘긴 엘더는 황급히 뒤로 물러나 거친 숨을 몰아쉬었다.

뒤에서 능력으로 도와주지 않았다면 누구보다 비참하고

고통스럽게 생을 마감할 뻔했다.

그가 고개를 돌려 원거리에서 지원을 해준 엘더에게 인사를 건넸다.

"고맙네. 덕분에 살았어."

"앞을 보게, 앞!"

여유롭게 감사를 주고받을 때가 아니었다.

정단오가 땅을 박차고 숨을 돌리는 엘더에게 달려들었다.

주먹을 내질렀던 또 한 명이 정단오의 등 뒤로 따라붙었지만 속도 차이가 현격했다.

빠각!

꾸밈없이 직선으로 뻗은 정단오의 주먹이 엘더의 뒤통수에 명중했다.

시바의 화염에서 가까스로 벗어나 잠깐 방심했던 엘더는 그렇게 두개골이 함몰되어 즉사했다.

뒤늦게 달려든 다른 엘더가 주먹을 뻗었지만, 정단오는 여유롭게 피하고 거리를 벌렸다.

최후의 삼인방이 최후의 이 인으로 변모하기까지 걸린 시간은 채 1분도 안 된다.

이터널 마스터를 앞두고 감히 1초라도 방심한 엘더의 최후는 눈 뜨고 보기 힘들 지경이었다.

"어, 어떻게… 어찌 이런 천인공노할 짓을!"

남은 엘더 두 명이 핏발 선 눈으로 부르짖었다.

이 장면만 보면 마치 정단오가 다시없을 악당 같다.

하지만 정단오는 이들이 얼마나 거대한 악인지 알고 있었다.

능력이라는 권능을 부여받고, 그 책임을 다하지 않으며 사리사욕을 채운 죄.

원로회와 권력자들의 탐욕을 위해 죄 없는 독립군 후손과 수많은 약자들이 목숨을 잃고 희생당해야만 했다.

한국 사회를 지배하는 오성 그룹이 원로회를 등에 업고 저지른 패악질이 한두 가지가 아니다.

국가 권력 역시 원로회라는 능력자 집단의 힘을 빌려 사찰과 납치, 주요 인물 암살을 서슴지 않았다.

그렇기에 정단오는 눈 하나 깜짝하지 않고 빙하처럼 냉정해질 수 있는 것이다.

"둘이 남았군."

"네가 이러고도 정녕 대한민국의 능력자라 할 수 있느냐?"

"조국을 사랑하기에 너희를 모두 박멸하려는 것이다. 썩은 세상을 치우고 어두운 혼돈을 겪어내면, 적어도 지금보다는 나은 모습이 되겠지."

"궤변이다!"

"내 말이 궤변인지 아닌지는 스스로 확인하겠다. 아쉽게도 너희는 혼돈을 겪을 자격조차 없다."

원로회 한국지부가 완전히 무너져야 모든 질서가 해체되

고 재정립되는 카오스가 도래할 것이다.

정단오는 눈앞에 서있는 최후의 엘더 두 명을 노려봤다.

결국 여기까지 왔다.

이 두 명만 쓰러트리면 원로회 한국지부의 뿌리를 잘라낸 것이나 다름없다.

그가 다시 양팔을 좌우로 뻗었다.

자신의 몸으로 십자가 모양을 만든 정단오의 눈에서 안광(眼光)이 번뜩였다.

동시에 놀라운 일이 벌어졌다.

이미 믿기 힘든 일이 너무 많이 벌어졌지만, 그래도 정단오가 보여주는 능력은 엘더들의 상상조차 뛰어넘는 것이었다.

우콰콰콰쾅!

지반이 흔들거리며 땅이 솟아올랐다.

단순한 시적인 표현이 아니었다.

말 그대로 바닥이 갈라지며 땅 깊은 곳에서 흙이 솟구쳤다.

사람의 손 모양을 한 흙더미가 엘더 두 명의 발목을 꽉 붙잡았다.

그는 오행(五行) 중에서 토기(土氣)를 자유자재로 다루며 이러한 이적을 만들어냈다.

사실 이건 과거에 선비촌 청년들이 펼쳤던 능력이다.

정단오를 시험하기 위해 선비촌의 정예들은 오행의 능력을 사용했고, 혼연의 검 앞에서 무릎을 꿇었었다.

그때 정단오는 선비촌 청년들로부터 오행을 다루는 법을 습득했다.

이터널 마스터 정단오의 가장 무서운 점은 새로 접하는 능력을 자기 것으로 배우는 학습력이다.

그는 탐욕스러운 맹수처럼 새로운 능력을 모조리 먹어치워 자기 것으로 흡수한다.

인도에 은거하며 배운 인드라의 뇌전이나 시바의 불꽃도 그런 케이스였다.

중국의 동지들에게 배운 소림사 백보신권이나 선풍각도 학습력의 결과다.

이토록 종류를 가리지 않는 어마무시한 학습력이 400년 넘는 세월을 살아온 정단오의 가장 강력한 무기다.

이제는 두 명밖에 남지 않은 원로회 한국지부의 엘더들은 정단오가 왜 이터널 마스터로 불리는지 실감하고 있었다.

그러나 너무 뒤늦은 깨달음이었다.

"이따위 잡술로 감히!"

"사술은 통하지 않는다−!"

둘은 거의 동시에 발목을 붙잡은 흙으로 된 손바닥을 부숴냈다.

하지만 그러느라 몇 초의 시간을 소비했다.

정단오가 노린 건 바로 그 몇 초였다.

아주 작은 빈틈이면 충분하다.

그는 주어진 빈틈을 포착해 절대 실패하지 않는 사냥꾼처럼 물고 늘어진다.

이미 정단오의 몸은 원거리에서 방패막을 만들어내던 엘더에게 접근해 있었다.

"큽!"

다급한 신음과 함께 엘더가 두 손을 뻗었다.

그와 동시에 허공에 무형의 방패막이 생성됐다.

인드라의 뇌전을 막았던 방패막은 그 자체로 두꺼운 에너지 덩어리였다.

뇌전을 막아냈으니 사람의 몸을 막아내는 건 일도 아닐 것이다.

그러나 정단오의 몸은 보통 사람, 아니 보통 능력자의 몸과 달랐다.

400년이 넘는 세월이 응축되어 몸 전체가 병기로 변했다고 해도 과언이 아니다.

콰콰콱!

정단오의 주먹이 방패막에 꽂혔다.

무형(無形)이라 함은 눈에 보이지 않는다는 뜻이다.

하지만 허공에 생성된 방패막이 찌그러지며 부서지는 소리가 들렸다.

눈에는 보이지 않아도 엘더의 능력이 파훼되는 게 청각

으로 전해지는 것이다.

우우우웅!

엘더가 다급히 또 다른 방패를 생성했다.

반격을 가할 여력이 없었다.

그저 다른 한 명의 엘더가 정단오를 노려주길 바랄 뿐이었다.

실제로 근접전에 능한 또 다른 엘더가 정단오의 등 뒤에 따라붙었다.

하지만 방패막을 깨는 속도가 조금 더 빨랐다.

파자자작!

허공에 생성된 두 겹이 방패막이 무참히 깨졌다.

눈에 보이지 않아도 에너지의 파동이 흐트러지는 걸 느끼는 건 어렵지 않았다.

정단오는 무표정한 얼굴 그대로 원거리에서 능력을 펼치던 엘더의 목을 움켜잡았다.

콰드득—.

새하얀 그의 손이 엘더의 목을 부러트렸다.

단 한 방이면 족하다.

두 번의 동작은 사치다.

목이 부러진 엘더는 게거품을 흘리며 축 늘어졌다.

물론 그의 죽음이 아주 헛되지는 않았다.

그가 시간을 끄는 사이 이제 최후의 일 인이 된 엘더가 정단오의 등에 주먹을 내질렀기 때문이다.

"흐아아압!"

젊은 청년 못지않은 기합이 터졌다.

권기(拳氣)를 넘어 권강(拳罡)이 맺힌 주먹이 정단오의 등 한복판을 때렸다.

퍼어엉!

귀를 울리는 폭음이 터졌다.

엘더 한 명을 죽인 대가로 정단오는 고스란히 등을 노출했고, 엄청난 고통이 온몸으로 퍼져나갔다.

최후의 엘더는 회심의 미소를 지었다.

자신을 제외한 원로회 한국지부 엘더들이 모두 죽었지만, 그래도 정단오를 쓰러트렸다고 확신했기 때문이다.

최후의 엘더인 자신이 남아있는 이상 원로회 한국지부를 재건할 수 있을 거라 생각했다.

권강이 실린 주먹을 맞은 정단오가 죽지 않을 거라는 예상은 조금도 하지 않았다.

강철벽을 부수고, 절벽을 산산조각 내는 게 권강의 위력이다.

그만한 파괴력이 담긴 주먹을 등으로 받았는데 사람이 살아있을 수는 없는 법이었다.

백 번을 양보해도 척추가 부러져 불구가 될 수밖에 없다.

"크흠?"

예상과 달리 고통에 찬 비명이 들려오지 않았다.

비명을 지를 틈도 없이 정단오가 즉사했을 거라 믿고 싶었지만, 점점 불길한 기분이 들었다.

"설마······."

주먹으로 권강을 뿌렸던 최후의 엘더가 아미를 찌푸렸다.

설마는 언제나 사람을 잡는다.

몇 미터 앞으로 튕겨져 나갔던 정단오가 몸에 묻은 먼지를 털고 일어서는 중이었다.

부스럭- 부스럭-.

정단오의 안색은 그리 밝지 않았다.

새하얀 피부가 더욱 창백해진 게, 만만치 않은 타격을 입은 모양이다.

하마터면 정말 척추가 부서져 반신불수가 되거나 그 자리에서 불멸의 권능이 끊길 뻔했다.

위기는 분명 위기였다.

그러나 정단오가 부여받은 초월적인 권능은 지하벙커에서 끊어지지 않았다.

"퉤!"

정단오가 가래 대신 핏덩이를 뱉어냈다.

엘더에게 등판을 맞으며 몸 안의 기혈이 뒤틀렸다.

하지만 권강이 실린 주먹을 정통으로 얻어맞고도 살아서 몸을 일으켰다는 게 기적이다.

최후의 일 인, 원로회 한국지부의 마지막 엘더는 귀신을 본 것 같은 얼굴이었다.

경악으로 물든 눈동자가 말로 표현하기 힘든 공포와 절망을 대변했다.

"어, 어떻게- 대체 어떻게 일어날 수 있단 말이냐! 권강을 맞고도 대체 어떻게!"

기어코 절규가 터져 나왔다.

원로회 한국지부의 뿌리인 엘더 전원을 잃고, 지하벙커가 경비 병력과 함께 초토화됐다.

이만한 희생을 치르고 겨우 정단오를 죽였다고 생각했다.

그런데 눈앞에서 다시 몸을 일으킨 정단오를 보니 피맺힌 절규가 나올 수밖에 없었다.

구석에 주저앉아 신음을 흘리며 부들부들 떨던 대통령의 눈빛도 절망으로 물들었다.

혹시나 했는데 역시나였다.

지하벙커에서 살아 나갈 수 있는 사람은 정단오 단 한 명밖에 없을 것 같았다.

"지옥과 같은 혼돈을 선사하마."

정단오의 목소리가 조금 갈라졌다.

조금 전의 충격이 아직 몸 안에 남아있기 때문이다.

그 메마른 음성에서 희망을 느낀 것일까.

최후의 엘더가 힘을 냈다.

어차피 이렇게 죽으나 저렇게 죽으나 미래가 없기는 마

찬가지다.

마지막으로 모든 걸 던지는 것 외에는 다른 선택지가 없다.

쏴아아아아-.

바람이 불어올 곳은 없지만, 어디선가 바람이 불어오는 것 같았다.

지직- 지지직!

엘더의 두 주먹에 또다시 권강이 맺혔다.

오른손뿐 아니라 왼손에도 뚜렷한 권강의 기운이 넘실거리고 있었다.

양손에 권강을 맺히게 할 수 있는 능력자는 세계적으로 손에 꼽힐 것이다.

최후의 엘더는 생명력의 근원이라 할 수 있는 진원지기까지 소모하며 권강을 일으켰다.

정단오도 그에 맞서 준비를 했다.

방심한 채 상대할 수 없다.

이미 여기까지 오느라 엄청난 에너지를 소모했다.

경호 병력을 모조리 박살내고 지하 벙커를 뒤집으며, 엘더 전원을 몰살시켰다.

인간의 육체로 불가능한 일을 행하며 소모한 에너지와 체력은 측정이 불가능할 정도다.

강철의 화신 같은 정단오라고 해도 부담을 느끼지 않을 수 없었다.

게다가 등에 정통으로 권강을 얻어맞기까지 했다.

사실 두 다리로 서있는 게 기적이다.

고오오오!

그는 오른팔을 쫙 뻗었다.

엄살을 부릴 타이밍이 아니다.

불멸자라고 해서 고통을 못 느끼진 않는다.

등에서 시작된 통증이 전신을 옥죄고 있지만 별다른 도리가 없다.

불가능에 가까운 일을 스스로 시작했으니 매듭을 짓는 것도 자신의 몫이다.

어깨를 기대고 뒤를 맡길 동료는 어디에도 없다.

오로지 혼자서 마지막 남은 최후의 엘더를 쓰러트리고 혼돈을 불러와야 한다.

이 고독과 책임감이 낯설지는 않았다.

백두산의 화산 폭발을 막을 때도, 동지였던 독립군들이 억울하게 쓰러지는 걸 지켜볼 때도 그는 언제나 혼자였다.

정단오는 불멸의 세월을 살아가며 흐르는 시간 속에서 외로울 수밖에 없는 운명을 짊어져왔다.

길고 긴 세월에 켜켜이 쌓인 고독이 오른팔에서 뻗어 나온 혼연의 검에 담겨 있었다.

푸른색 기운으로 솟아난 혼연의 검은 정단오가 느껴온 고독과 외로움이 뭉쳐져 만들어진 것이다.

영혼을 소멸시키는 파멸의 힘이 담긴 혼연의 검.

그러나 지금은 정단오의 몸 상태를 대변하듯 평소보다 푸른빛이 옅었다.

하지만 이것저것 따질 계제가 아니다.

이가 없으면 잇몸으로라도 싸우는 것이 전사의 본능이다.

최후의 엘더 또한 생명력을 불태우며 마지막 불꽃을 양손의 권강으로 표출해냈다.

잠시 서로를 노려본 둘은 더 이상 뜸을 들이지 않았다.

망설임, 두려움, 이러한 감정을 초월한 채 서로를 바라보며 땅을 박찼다.

최후의 삼인방에서 최후의 일 인이 된 원로회 한국지부의 엘더.

그리고 400년이 넘는 세월의 대부분을 누구도 이해할 수 없는 고독 속에서 보낸 정단오.

서로 다른 위치에서 서로 다른 미래를 열기 위해, 두 명이 정면으로 부딪쳤다.

두 주먹에 권강을 두른 엘더와 혼연의 검을 뽑아낸 정단오는 어설픈 잔수를 부리지 않았다.

애초에 상대의 공격을 피하겠다는 생각을 접어두고 달려든 두 사람이다.

우직한 단 한 번의 충돌에 수많은 것들이 달려있다.

모든 게 없었던 일로 돌아가며 부패한 권력이 원래의 자

리를 지키느냐, 아니면 앞을 기약할 수 없는 혼돈이 도래
해 새로운 질서를 창조하느냐.

그야말로 세계의 운명을 건 충돌이었다.

2장
끝없는 혼돈

꽈아아아아앙!

행성이 충돌할 때 이와 비슷한 소리가 날까.

지하 벙커에 남은 생존자들은 정단오와 엘더의 충돌이 만들어낸 여파에 휩쓸렸다.

한 나라의 대통령과 국방부 장관, 그리고 주한미군을 통솔하는 사령관이 에너지의 여파를 견디지 못하고 낙엽처럼 떠밀려 다니는 모습이 애처롭기 그지없었다.

밀실에서 세상을 마음대로 주무르며 떵떵거리던 모습은 온데간데없었다.

그들은 다만 기적이 일어나 엘더가 정단오를 쓰러트려 주기를, 그래서 악몽 같은 시간이 끝나고 모든 게 원래대로 돌아가기를 간절히 바랄 뿐이었다.

하늘에게 비는 것 말고는 대통령이나 국방부 장관이라고
해봤자 할 수 있는 게 전혀 없기 때문이다.

쏴아아아─.

한차례 더 일어난 먼지 폭풍이 가라앉았다.

두 주먹에 맺힌 권강으로 무쌍하게 돌진했던 엘더가 서
있을까.

아니면 빛이 바랜 혼연의 검을 휘두른 정단오가 서있을
까.

놀랍게도 먼지 폭풍 너머 두 개의 실루엣이 보였다.

두 명 모두 두 발로 땅을 딛고 굳건히 서있는 것이다.

"쿨럭!"

"퉤─!"

두 사람이 동시에 기침을 하고 가래를 뱉어냈다.

기침과 가래에 한 뭉텅이의 피가 섞였음은 굳이 말 할
필요도 없는 일이다.

엘더의 두 주먹에 맺힌 권강은 사라졌고, 푸른빛을 내던
혼연의 검도 종적을 감췄다.

전력으로 충돌한 정단오와 엘더는 서로의 능력을 무력화
시킨 후 약간의 부상을 나눠입었다.

상대를 쓰러트리기에는 결정적인 한 방이 부족했다.

정단오가 원래의 컨디션이었다면 어림도 없었을 일이다.

생생한 푸른빛 혼연의 검이 엘더의 권강은 물론이고 영
혼까지 소멸시켰을 터였다.

하지만 그가 무려 수백의 정예 경호 병력과 수십 명의 엘더들을 혼자 힘으로 쓰러트렸다는 사실을 간과해선 안 된다.

역사상 그 어떤 능력자도 해내지 못한 일.

한 나라의 원로회 엘더들을 단신으로 박살내면서 여기까지 왔기에, 평소 전력의 절반도 내지 못할 수밖에 없었다.

그런 점을 감안한다고 쳐도 정단오를 상대로 두 개의 권강을 펼쳐낸 엘더 역시 대단한 능력자였다.

괜히 능력자 세계의 정점에 서있는 게 아니었다.

다른 엘더들이 모조리 죽어나가도 마지막까지 살아남은 게 행운은 아닌 것이다.

어쩌면 지금 두 주먹을 부들부들 떨며 피 섞인 기침을 뱉어낸 엘더야말로 대한민국에서 가장 강한 능력자일지도 모른다.

적어도 그는 최후까지 생존한 엘더다.

강한 자가 살아남는 게 아니라 살아남는 자가 강하다는 격언을 떠올려보면, 그가 가장 강한 능력자라는 공식이 성립한다.

물론 허울뿐인 영광이다.

동료 엘더들이 남김없이 죽고 원로회 한국지부가 뿌리까지 박살이 났는데, 대한민국에서 가장 강한 능력자라는 왕관이 무슨 소용이겠는가.

게다가 당장 살아남을 수 있다는 보장도 없다.

정단오는 기필코 그를 죽이겠다는 듯 여전히 형형한 안광을 뿌리며 기운을 모으고 있었다.

"그 권강, 다시 일으킬 수 있겠나?"

정단오의 물음에 엘더가 입술을 깨물었다.

생명력을 태워가며 두 주먹에 권강을 일으켰었다.

한차례 충돌 이후에도 다시 일으킬 수 있을까.

그러나 선택지가 존재하지 않는다.

권강이야말로 최후의 엘더가 보여줄 수 있는 최상의 무기다.

그는 단전과 심장이 타들어가는 걸 느끼면서도 두 주먹에 다시 권강을 일으켰다.

우우웅—.

지이이이잉!

뚜렷한 권강이 오른손과 왼손에 맺혀 장갑처럼 두 주먹을 포갰다.

강렬한 에너지가 공명하는 소리가 귀에 들릴 정도였다.

하지만 또다시 권강을 펼친 엘더의 안색은 죽어가기 직전이었다.

이게 마지막이라는 걸 그는 잘 알고 있었다.

정단오를 쓰러트려도 요양을 위해 오랜 시간을 소비해야 할 것이다.

그는 두 번 다시 능력을 펼치지 못할 각오로 다시 권강을 일으킨 것이었다.

"네놈은 다시금 그 검을 소환할 수 있느냐?"

이번에는 엘더가 정단오에게 질문을 던졌다.

서로 질문을 빙자해 도발을 하는 것이다.

정단오는 묘한 표정을 지었다.

그의 입꼬리가 살짝 위로 올라갔다.

명백한 비웃음이다.

대한민국 최후의 엘더에게 조소를 날린 정단오가 오른팔을 뻗었다.

그의 손끝에서 다시 푸른빛 검이 솟아나기 시작했다.

형체도 흐릿해졌고, 빛깔도 약해졌지만 분명한 혼연의 검이었다.

"너의 권강과 영혼, 그리고 원로회 한국지부의 역사까지 소멸시켜주마."

"말은 누가 못할까~!"

이번엔 엘더가 먼저 뛰어들었다.

마지막 생명력을 불태운 그는 눈 깜빡할 사이에 공간을 도약했다.

꽤 먼 거리를 순식간에 뛰어넘어 정단오의 코앞에서 두 주먹을 휘둘렀다.

엘더의 두 주먹에 맺힌 권강은 폭탄을 능가하는 파괴력을 자랑한다.

그러나 혼연의 검을 불러낸 정단오는 허리를 90도 가까이 뒤로 꺾으며 주먹을 흘려냈다.

휘잉-.

부우우웅!

두 주먹이 스쳐 지나가는 소리가 생생하게 들렸다.

용수철이 튕기듯 허리를 곧추 세운 정단오가 오른손을 휘둘렀다.

정확히 말하자면 손끝에서 길게 뻗어 나온 혼연의 검을 휘두른 것이다.

쐐액!

혼연의 검도 허공을 갈랐다.

최후의 엘더는 그야말로 혼신의 힘을 짜내고 있었다.

더 잃을 게 없는 처지에서 목숨을 걸고 권강을 일으켰으니 그의 각오를 굳이 설명할 필요가 없었다.

일진일퇴의 공방이 계속 이어졌다.

부웅!

쏴아악-.

허공을 가른 권강의 여파가 반대쪽 벽면을 강하게 때렸다.

쿠웅!

후두두둑-.

안 그래도 불안한 지하벙커가 지속적으로 흔들리며 돌덩이가 떨어져 내렸다.

하나 엘더와 정단오는 개의치 않았다.

설령 지하벙커 전체가 무너져도 지금 이 순간의 싸움에

집중하고 있었다.

쉭!

파아악!

마지막 남은 엘더는 경이로운 집중력을 보였다.

정단오의 연이은 반격을 아슬아슬하게 피해내며 기어코 또 다른 반격을 가했다.

쿠우웅!

권강이 넘실거리는 엘더의 주먹이 정단오의 복부를 노렸다.

등에 이어 배에 권강을 적중당하면 누적된 데미지를 견디기 힘들 것이다.

위기의 순간, 정단오의 눈빛이 변했다.

후웅—.

퍼퍼퍼퍽!

정말 간발의 차였다.

깻잎 한 장 차이라는 말은 이럴 때 써야 할 것이다.

정단오의 옆구리를 스치고 날아간 권강이 또 다른 벽면을 움푹 파냈다.

정단오가 입고 있던 깔끔한 블랙 슈트는 이제 넝마나 다름없게 변했다.

찢어진 옷 틈 사이로 상처 입은 정단오의 새하얀 맨살이 드러나 기괴한 분위기를 자아냈다.

회심의 일격이 빗나갔지만 엘더에겐 왼손이 남았다.

왼쪽 주먹에도 똑같은 권강이 맺혀 있었다.

"끝이다, 이놈!"

노호성과 함께 왼주먹이 정단오의 목덜미를 노리고 휘둘러졌다.

방금 막 오른손을 흘려낸 정단오가 꼼짝없이 카운터에 몰린 것 같았다.

과연 엘더의 권강이 정단오의 목을 단방에 부러트려 버릴 것인가.

슈우우우욱!

주먹에 응축된 기운이 정단오의 피부를 터트릴 기세였다.

바로 그 순간, 기묘한 일이 발생했다.

마치 시간이 느려진 듯 정단오가 눈으로 따라갈 수 없는 속도로 움직인 것이다.

도저히 불가능한 각도와 속도의 움직임이었다.

주먹을 내지르던 엘더의 눈이 경악으로 물들었다.

기괴하게 왼쪽 주먹을 비켜낸 정단오의 입에서 선고가 흘러 나왔다.

"끝이다."

콰아악-!

엘더의 왼쪽 주먹이 정단오를 스치고, 정단오의 오른팔에서 솟아난 혼연의 검이 엘더의 심장에 박히기까지 채 1초도 흐르지 않았다.

1초가 무슨 말인가.

10분의 1, 혹은 100분의 1초 사이에 일어난 일이었다.

"흐업… 흐어어업……."

엘더의 두 주먹에 맺혔던 권강이 흔적도 없이 사라졌다.

그 자리에 보이는 것은 쭈글쭈글한 노인의 손이었다.

혼연의 검에 격중당한 엘더는 모든 능력을 잃고 평범한 늙은이로 변하는 중이었다.

그가 소모한 생명력은 다시 충전되지 않는다.

정단오는 최후의 엘더에게서 권강과 능력과 생명을 모두 빼앗아왔다.

온몸을 부들부들 떨며 천천히 쓰러지는 엘더의 귓가로 정단오의 목소리가 울렸다.

"원로회 한국지부는 이제 세상에 존재하지 않는다. 저승에서들 만나기를."

투욱—.

정단오의 말을 듣고 눈을 까뒤집은 엘더가 완전히 쓰러졌다.

힘을 잃고 바닥에 늘어진 그의 몸에서 영혼이 떠나갔다.

영혼이 떠나갔는지 아니면 영영 소멸됐는지, 살아있는 사람이 알 길은 없다.

정단오는 싸늘한 시선으로 최후의 엘더를 내려다봤다.

마지막 엘더가 죽었다.

원로회를 영어로 번역하면 엘더스 유니온(Elders

Union)이다.

쉽게 말해 원로들의 연합, 엘더들의 모임이라는 말인 것이다.

그렇기에 엘더가 다 죽었다는 건 그 지역의 원로회가 사라졌다는 뜻이 된다.

정단오는 최후의 엘더를 죽이면서 원로회 한국지부를 역사에서 지워버렸다.

몰살(沒殺)이자 말살(抹殺)이다.

스윽—.

정단오가 고개를 돌렸다.

그의 시선은 지하벙커에 남아있는 세 명의 생존자에게 가서 닿았다.

대통령, 국방부장관, 주한미군 사령관.

현실 권력의 정점에 서있는 세 명이 거의 다 죽어가는 몰골로 떨고 있었다.

이들은 원로회 한국지부와 손을 잡고 초현실적 능력을 현실에 이용했다.

독립군과 그 후손들은 천대를 받고, 친일파들이 권력의 중추를 장악했을 때부터 이 나라의 역사는 틀어진 셈이다.

썩은 권력의 수뇌부를 잘라내지 않으면 바뀌는 건 없을 것이다.

정단오는 오성 그룹과 더불어 현실 정치권력의 수뇌들을 가만두지 않을 생각이었다.

능력자 세계의 중추인 원로회를 세상에서 지웠으니 현실 세계의 우두머리인 권력자들도 지워버릴 차례다.

저벅저벅-.

정단오가 대통령이 있는 쪽으로 걸음을 옮겼다.

그가 다가오자 거의 죽어가던 대통령이 기겁을 했다.

"다, 다가오지 마! 다가오지 마-!"

공식 석상에서 늘 당당한 모습만 보여주던 대한민국 최고의 권력자가 초라하게 소리를 질렀다.

정단오는 차가운 눈빛으로 대통령을 내려다봤다.

다른 쪽 구석에 처박혀 있는 국방부 장관과 주한미군 사령관도 그냥 넘기지 않을 것이다.

하지만 핵심은 대통령이다.

그의 시선에 부담감을 느낀 대통령이 먼저 입을 열었다.

"이, 이쯤 합시다. 모든 걸 다 덮고 원로회 한국지부가 하던 역할을 당신에게 맡기겠소. 보이지 않는 곳에서 대한민국을 움직이는 지배자가 되게 해주겠소-!"

살아남기 위해 있는 말 없는 말을 다 던지고 있었다.

대한민국의 숨은 지배자가 되라는 말은 누구에게나 달콤한 유혹일 것이다.

원로회 한국지부가 누리던 수많은 특권을 혼자서 차지하라는 말에 흔들리지 않을 사람이 몇이나 되겠는가.

하지만 정단오에겐 일고의 가치도 없는 제안이었다.

오히려 대통령의 말이 정단오의 분노에 불을 붙였다.

"그걸 아나? 원로회보다 더 부패한 게 너희라는 사실을."

"나, 나를 죽이면 이 나라가 어찌 될지 모르시오? 대통령이 죽으면…… 모든 사회의 시스템이 붕괴될 거요!"

"상관없다. 내가 바라는 것이 바로 그러한 혼돈이니. 혼돈이 깊을수록 새로 피어나는 싹도 건강할 것이다."

"무슨 소리요! 당신도 대한민국 국민이라면 이쯤에서 모든 것을 덮고……."

"거기까지. 더러운 입은 저승에서 놀려라."

콰왁!

정단오가 허리를 숙인 채 앉아있는 대통령의 목덜미를 잡았다.

숨이 턱 막힌 대통령은 더 이상 말을 내뱉지 못했다.

굳이 고통을 길게 가하는 악취미는 없다.

정단오는 대통령의 두 눈을 똑바로 마주보며 능력을 발휘했다.

빠각!

멱살을 잡은 손에서 뻗어나간 무형의 기운이 대통령의 목을 꺾었다.

능력을 가지지 못한 일반인의 목숨을 빼앗는 건 너무도 쉬운 일이다.

그렇기에 능력자는 더더욱 조심하며 현실에 개입하지 않아야 한다.

그 룰을 어기고 현실을 엉망으로 만든 게 원로회 한국지부다.

그들은 결국 정단오라는 이터널 마스터를 깨웠고, 분노하게 만들었다.

그래서 원로회 한국지부가 몰살되고 대통령까지 죽게 된 것이다.

스윽.

그가 다시 고개를 돌렸다.

대통령을 죽인 마당에 국방부 장관과 주한미군 사령관이라고 다를 게 뭐가 있겠나.

국방부 장관은 그래도 군인이라고, 살기를 포기한 듯 고개를 푹 숙이고 있었다.

하지만 주한미군 사령관은 달랐다.

그는 어색한 한국말로 살려달라고 부르짖었다.

"날 죽이지 마! 돈 킬 미! 나, 나를 죽이면 미국이 가만있지 않- 커헉!"

정단오는 주한미군 사령관의 말을 끝까지 들어주지도 않았다.

허공에서 쏘아진 날카로운 기운이 사령관의 심장을 꿰뚫었다.

바람으로 칼날을 만들어 심장을 터트린 것이다.

지하벙커에 모였던 현실의 권력자 중에서 마지막으로 남은 국방부 장관은 담담히 입을 열었다.

"추하지 않게 죽여라."

"더러운 권력이지만, 지금의 그 패기는 존중하도록 하지."

정단오는 고개를 끄덕인 후 손에서 기운을 모아 바람의 칼날을 만들었다.

"쉬어라."

말이 끝남과 동시에 바람의 칼날이 날아갔다.

허공을 격하고 쏘아진 바람의 칼날이 국방부 장관의 심장을 찔렀다.

"큽!"

그는 주한미군 사령관이 그랬던 것처럼 고통을 느낄 틈도 없이 절명해버렸다.

쉬이이이이—.

어디선가 불어온 바람만이 폐허가 된 지하벙커 안을 휘감았다.

살아남은 자는 아무도 없었다.

단 한 명의 생존도 허락되지 않았다.

정단오는 실로 오랜만에 상처 입은 몸으로 우뚝 서있었다.

원로회 한국지부를 멸절시키고, 대한민국 최고의 권력자들을 죽였다.

이날 이후 어떤 혼돈이 한국과 세계를 덮칠지 감히 예상조차 되지 않았다.

그러나 모든 것을 각오하고 자기 손으로 벌인 일을 마무리 지은 정단오는 무표정한 얼굴이었다.

두려움, 걱정, 기대, 그 어떤 감정도 내보이지 않았다.

"피곤하군."

그가 들을 사람 없는 혼잣말을 내뱉었다.

천천히 지하벙커의 입구 쪽으로 걸어가는 정단오의 뒷모습이 정말 피곤해 보였다.

단신으로 대한민국의 능력자 세계와 현실 세계의 수뇌를 지워버린 정단오는 무거운 피로감을 느끼며 외롭게 걸어갔다.

400년도 더 전, 불멸의 권능을 깨달았던 그 순간부터 그는 늘 고독을 벗 삼았다.

아주 가끔 사랑하는 여인과 가까운 동지들로 외롭지 않았던 시절이 있었으나, 본질은 변하지 않았다.

오늘도 그는 누구보다 깊은 고독을 느끼며 외롭게 걷고 있었다.

어쩌면 오늘 이후 세상에 도래할 혼돈보다 그가 400년 넘게 품어온 고독과 외로움의 색깔이 더 어두울지 모른다.

유례없는 대혼돈을 만든 그는 또다시 깊은 고독을 곱씹으며 상처 입은 맹수처럼 걷고 또 걸었다.

* * *

폭풍전야.

비밀 지하벙커가 초토화됐고, 엘더들이 모두 죽으면서 원로회 한국지부의 존재 자체가 유명무실해졌다.

어디 그뿐인가.

대통령과 국방부 장관, 주한미군 사령관이 동시에 사망했다.

사상 초유의 사태였다.

하지만 하루 동안 국민들은 아무것도 알지 못했다.

폭풍전야와 같았다.

여당과 야당의 수뇌부는 패닉에 빠졌고, 주인을 잃은 행정부는 기능을 상실했다.

정치인들은 대통령의 사망으로 총리 대행 체제로 돌입했다는 것을 어떻게 발표해야 할지 감조차 잡지 못했다.

국방부 장관을 잃은 군대는 동요했고, 주한 미군 역시 본토와 긴박하게 연락을 취하며 사령관의 죽음을 알렸다.

하루 사이 물밑에서 엄청나게 많은 일이 일어났지만, 정작 나라의 주인인 국민들은 아무것도 알지 못했다.

철저한 언론 통제.

이것이 지금 대한민국의 현실이었다.

사실은 하루 사이 더 많은 일이 있었다.

정단오가 지하벙커로 돌격했던 그 순간, 선비촌 사람들은 수도권의 군대 사령부를 타격했다.

정단오가 아무런 도움도 받지 않고 혈혈단신으로 지하벙커에 쳐들어갔던 이유가 이 때문이었다.

선비촌 청년들은 서울과 경기도 수도권 일대의 각 군 사령부를 장악했고, 협조하지 않는 지휘관을 사살하는 것도 망설이지 않았다.

이판사판.

주사위가 던져진 상황에서 망설일 게 없었다.

결국 서울과 수도권의 주요 군단 지휘관들은 반강제적으로 선비촌의 컨트롤을 받게 됐다.

지휘관이 화장실을 갈 때에도 선비촌 청년 두 명이 옆에서 떨어지지 않았다.

대외적으로는 잠잠했던 하루지만, 그 하루 동안 선비촌은 서울과 수도권의 군사력을 장악했다.

그리고 또 다른 하루가 밝았다.

주인을 잃은 청와대에 서울, 수도권의 각 군 사령부와 선비촌 사람들이 모였다.

청와대를 경호하는 병력은 영문도 모르는 채 길을 비켜줘야했다.

대통령의 죽음을 알게 된 여당과 야당의 정치 지도부가 내부적으로 비상사태를 선포했고, 대한민국을 움직이는 핵심 인물들이 모두 청와대로 모였다.

그리 많은 수는 아니었다.

선비촌 사람들과 그들의 컨트롤 하에 놓인 서울, 수도권 각 군 사령부 지휘관들.

여당과 여당의 당대표와 원내대표.

그 정도가 전부였다.

하지만 대통령과 국방부 장관, 주한미군 사령관이 없는 상황에서 여기 모인 이들이 대한민국을 움직인다고 봐야 한다.

참으로 기괴한 광경이었다.

드넓은 청와대 중앙 의전실 좌우로 대한민국을 움직이는 인물들이 앉아있다.

하지만 그들의 뒤에는 젊은 청년들과 늙은 노인들이 서서 공기를 무겁게 가라앉히고 있었다.

다름 아닌 선비촌 사람들이 이들의 일거수일투족을 감시하는 것이다.

허튼수작을 부리면 단번에 사달이 난다는 걸 모두 알고 있었다.

강골임을 자랑하는 수도권 각 군 사령관들도 조용히 있었다.

이미 선비촌 사람들의 초현실적인 능력 앞에 무릎을 꿇었기 때문이다.

철컥ㅡ.

그때 커다란 문이 열리고 한 사람이 안으로 들어왔다.

모두 고개를 돌려 그를 쳐다봤다.

올 블랙으로 맞춤한 슈트, 그와 극명하게 대비되는 새하얀 피부.

무엇보다 끝을 알 수 없이 깊은 눈동자가 좌중을 압도

했다.

그의 눈빛을 제대로 받아낼 수 있는 사람은 이 안에 아무도 없었다.

선비촌 사람이라고 해서 예외는 아니었다.

"오셨소이까."

선비촌 촌장이 고개를 숙이며 인사를 했다.

정단오는 자신을 대신해 서울과 수도권 각 군 지휘관을 사로잡고 컨트롤한 선비촌 사람들에게 손짓을 보냈다.

손바닥을 까닥거리는 걸로 충분했다.

그의 감사 인사를 받은 선비촌 청년들은 자못 감격스러운 표정을 지었다.

어느새 그들은 정단오를 선비촌 촌장 이상으로 믿고 따르기 시작했다.

전국을 무대로 게릴라전을 펼치며 목격한 정단오의 카리스마와 강력한 힘에 매료당한 것이다.

"누, 누구?"

정단오를 처음 본 여당 대표가 조심스레 입을 열었다.

순간 공기가 차갑게 얼어붙었다.

선비촌 사람들의 무서움을 호되게 경험한 서울과 수도권 군단 사령관들이 눈치를 줬다.

겨우 입을 열었던 여당 대표의 안색이 창백해졌다.

야당 대표는 감히 입을 열 엄두도 못 내고 있었다.

정단오는 그들을 무시한 채 선비촌 촌장을 쳐다봤다.

"서울과 수도권 주요 거점의 지휘관들을 제대로 장악했군. 수고했다."

"우리의 수고야 별로 어렵지 않았소. 홀몸으로 원로회를 끝장내버린 것이 더 수고이지."

선비촌은 원로회 한국지부의 박해를 피해 강원도 산골에 은거했었던 것이다.

오랜 숙적이나 마찬가지인 원로들을 정단오가 혼자서 몰살시켰다.

과거의 쓰린 기억을 갖고 있는 촌장은 진심으로 감사할 수밖에 없었다.

정단오가 아티팩트 보관소를 털어 유림본서를 찾아 줬을 뿐 아니라 원로회 없는 자유로운 세상을 열어줬기 때문이다.

그가 없었다면 파릇파릇한 청년들은 여전히 개량한복을 입고 산골짜기에 처박혀 세월을 보내야 했을 터였다.

촌장은 자신을 위해서가 아니라, 선비촌의 아이들이 더 넓은 세상을 마음껏 누릴 수 있게 하기 위해 정단오의 손을 잡은 것이었다.

이제 그 꿈이 이뤄질 순간이 눈앞으로 다가왔다.

비록 어두운 혼돈의 시간을 거쳐야 하겠지만, 아무것도 변하지 않은 채 현상유지만 하는 것보다는 불확실한 미래가 훨씬 낫다.

정단오는 고개를 돌려 각국 지휘관과 여당, 야당의 대표들을 노려봤다.

감정이라고는 느껴지지 않는 눈빛에 모두 위축되었다.

한국을 움직이는 인물들이라는 수식어도 정단오 앞에서는 쓸모없었다.

정단오는 이미 이들보다 더 거물인 대통령의 목숨을 거두고 왔다.

그가 천천히 입을 열었다.

"대통령, 국방부 장관, 주한미군 사령관. 거기에 더해 너희와 손을 잡고 권력을 행사하던 원로회 한국지부의 엘더들 전원. 내 손으로 멸절시켰다."

"……."

무거운 침묵이 공간을 짓눌렀다.

정단오가 거짓말을 한다고 생각하는 사람은 아무도 없었다.

백 명이 채 안 되는 선비촌 사람들에 의해 서울과 수도권의 주요 군단 지휘관들이 장악당했다.

그런 선비촌 사람들이 신처럼 받들어 모시는 인물이 정단오다.

청와대 중심부에서 입을 연 그의 존재감은 설명이 불가능할 정도로 압도적이었다.

"한 번만 말할 테니 모두 똑바로 들어라."

정단오의 말은 분명한 명령문이었다.

외모로 볼 때는 새파랗게 젊은 그가 40대와 50대를 넘긴 대한민국 중역들 앞에서 반말로 명령문을 썼다.

그럼에도 불구하고 누구 하나 불쾌한 기색을 보이지 못했다.

다들 이 공간을 지배하는 사람이 누구인지 본능적으로 아는 것이다.

"바로 내일, 전국의 모든 TV 채널을 통해 우리의 존재를 알린다. 여기서 우리라 함은 능력을 사용하는 능력자를 일컫는다."

"그건……!"

여당 대표가 다시 입을 열려했다.

하지만 정단오의 눈빛이 꽂히자 겁먹은 개처럼 깨갱하며 고개를 숙였다.

"능력자의 존재가 알려지면 세계 원로회가 개입할 것이다. 그때부터는 우리의 싸움이 시작된다. 왜 원로회 한국 지부의 엘더들을 몰살시켰는지, 어째서 대통령을 죽이고 우리의 존재를 공공연히 알렸는지, 세계 원로회를 납득시킬 것이다. 세계의 질서는 재편되고, 음지의 능력자들이 양지로 나와 자연스레 섞일 것이다. 그 과정에서 몰래 권력과 결탁했던 능력자들은 처단되고, 모든 것이 세상에 밝게 드러난 상태로 재정비될 것이다."

정단오의 말로 인해 세계의 역사가 바뀌게 생겼다.

능력자의 존재를 양지로 드러내 음지에서 더러운 거래를 못하게 만들고, 아예 새로운 질서를 만들겠다는 뜻이다.

그 과정에서 세계 원로회와 다툼이 있을 수도 있다.

또한 엄청난 혼란이 전 세계를 덮칠 것이다.

그러나 정단오는 멈추지 않았다.

그는 브레이크 없이 질주하는 열차처럼 달리고 있었다.

혼돈 이후 새로운 질서를 선택하는 것은 인간들의 몫이다.

그는 더러운 암 덩어리를 제거한 상태에서 다시 한 번 인간들이 옳은 선택을 할 수 있도록 기회를 주려는 것뿐이다.

곧이어 정단오가 말을 덧붙였다.

"각자의 자리에서 최선을 다해 치안을 유지해라. 그리고 내가 명령을 내리면 즉각 그대로 실행해라. 거부는 물론이고 망설임 또한 용납하지 않겠다. 너희의 군대와 힘으로 상황을 바꿀 수 있을 거란 기대 따위 하지 마라. 군대를 모조리 죽일 순 없어도 이 자리에 모인 너희의 목숨을 앗아가는 건, 언제든 손바닥 뒤집는 것만큼 쉬운 일이다."

말을 마침과 동시에 엄청난 압력이 청와대 중심부를 짓눌렀다.

"커헉!"

"케켁- 그, 그만!"

"아, 알겠습니다. 제발 그만……!"

정단오가 능력을 일으켜 허공에 천근추(千斤墜)를 펼친 것이다.

각 군단 지휘관과 여당, 야당 대표들은 바윗덩어리가 몸을 누르는 느낌을 받았다.

이대로 능력을 조금만 더 지속시키면 모두 숨이 막혀 질식해버릴 것이다.

정단오는 손가락 하나 까딱하지 않고 능력을 거뒀다.

청와대에 모인 인물들은 그를 사람이라고 생각하지 않았다.

반신(半神), 혹은 지옥에서 태어난 악마.

어쨌거나 인간인 그들이 감히 저항할 수 있는 상대가 아니었다.

지휘관들이 군대로 돌아가 봤자 할 수 있는 일이 없다.

정단오가 말한 것처럼 그와 선비촌 사람들은 언제든 자유자재로 지휘관 사령부에 잠입해 생명을 앗아갈 수 있다.

선택권은 없다.

따르거나 죽거나.

둘 중 하나다.

얼굴 표정을 보아하니 청와대에 모인 인물들은 다 결정을 내린 것 같았다.

정단오의 명령을 받드는 수밖에 없었다.

"오늘 이후 대한민국의 체제를 한시적으로 명명하겠다. 나에 의해 발동된 카오스 1호다. 카오스 1호는 내가 죽거나 혹은 혼돈의 어둠이 걷히고 새로운 질서가 시작될 때 해제될 것이다. 카오스 1호의 원칙은 하나, 앞서 말한 것처럼 너희는 치안 유지를 위해 최선을 다하고 내 명령이 있을 때 즉각 반응하면 된다. 어기는 자는 이유 불문, 하루 안에 목숨을 잃을 것이다. 알겠나?"

누가 먼저라 할 것도 없이 서울과 수도권을 지키는 주요 군단의 지휘관들이 고개를 끄덕였다.

여당과 야당의 대표와 원내대표도 황급히 고개를 끄덕였다.

그들은 언제든 죽음의 그림자에 덮일 수 있다는 걸 깨달았다.

대통령과 국방부 장관, 주한미군 사령관까지 죽은 마당이다.

정단오와 선비촌 사람들이 마음만 먹으면 대한민국에서 못 죽일 사람이 없다는 뜻이다.

특별한 명령이 떨어지기 전까지 각자의 자리에서 치안 유지에 힘쓰라는 말은 다행스러웠다.

능력자의 존재가 알려지면 한국이나 다른 세계나 혼란에 휩싸이겠지만, 치안을 유지하며 최소한의 경제 활동이 돌아간다면 국민들의 생활에 당장 큰 위협은 가지 않는다.

정단오가 선포한 카오스 1호는 어떤 의미에서 이미 능력자의 존재를 알고 있던 세계의 권력자들과 원로회 본부에게 혼돈의 시기가 될 것이다.

카오스 1호.

역사상 초유의 계엄령이 언제 끝날지 아직은 알 수 없

었다.

정단오의 불멸이 깨지며 카오스 1호가 해제될지, 아니면 새로운 질서가 도래하며 해제될지도 예측하기 힘들었다.

어쨌거나 대한민국, 그리고 세계는 정단오 한 사람에 의해 완전히 새로운 역사를 쓰게 됐다.

청와대를 장악한 정단오의 그림자가 오늘따라 무척이나 거대하게 보였다.

3장
열도의 야욕

카오스 1호.

정단오에 의해 발동된 비상계엄 체제의 여파는 엄청났다.

대한민국을 넘어 전 세계가 혼란에 빠졌다.

정단오는 일시적으로 모든 방송국 전파를 차단한 뒤, 자신이 청와대에서 녹화한 영상이 송출되게 만들었다.

그는 무표정한 얼굴로 카메라 앞에서 직접 이적(異蹟)을 선보였다.

"이 불꽃으로…… 대통령과 국방부 장관, 그리고 주한미군 사령관을 죽였다."

오른손에 피어오른 시바의 불꽃은 절대 컴퓨터 그래픽으로 보이지 않았다.

담담한 얼굴로 국가 권력의 핵심을 죽였다고 말한 정단오는 구질구질하게 설명을 덧붙이지 않았다.

권력이 얼마나 부패했으며, 그들이 원로회 한국지부와 손잡고 어떤 악행을 저질렀는지는 선비촌 촌장이 앞서서 설명해 놓았다.

선비촌 촌장이 말하는 걸 제대로 들었다면 정단오가 어째서 원로회라는 비밀 기구를 박살내고 권력자들을 죽였는지 이해할 것이다.

곧이어 정단오가 다시 입을 열었다.

"카오스 1호가 발동됐다고 해서 딱히 달라지는 것은 없다. 각자의 자리에 충실해라. 총리가 대통령의 역할을 대행하고, 경제와 외교, 무역 역시 차질 없이 돌아갈 것이다. 다만 세상에 존재를 드러낸 능력자 세계 안에서 다툼이 있을 것이나, 민간에 피해가 가지 않도록 노력하겠다."

말을 마치면서 오른손에 피어오른 불꽃을 꺼트린 정단오가 카메라를 똑바로 응시했다.

TV 화면이나 인터넷을 통해 그의 얼굴을 보는 사람들이라도 심연 같은 눈빛에 질려 위축될 것 같았다.

낮게 가라앉은 정단오의 목소리가 재차 울렸다.

"능력자 세계가 혼란 끝에 현실 세계 속에서 자리를 잡을 때까지, 그리고 원로회 한국지부와 관련된 문제가 이 세계 안에서 해결될 때까지 카오스 1호는 유효할 것이다."

그의 선언을 끝으로 방송 전파가 원래대로 돌아갔다.

TV를 보던 사람들은 물론이고, 인터넷과 각 언론 매체를 통해 한국에서 실행된 카오스 1호에 대해 모두가 알게 됐다.

전 세계의 정부와 권력자들, 세계 각국의 원로회가 비상회의에 들어갔다.

사상 초유의 사태였다.

18세기 산업 혁명과 함께 원로회가 창설됐고, 이후 능력자들의 존재는 철저히 감춰져 왔다.

그 역사가 정단오 한 사람에 의해 깨진 것이다.

이제 와서 정단오의 발표를 없었던 일로 만들 수는 없다.

그는 대한민국 정부의 대통령과 국방부 장관을 죽였고, 주한미군의 사령관까지 함께 날려버렸다.

세계는 정단오에 의해 강제로 능력자의 존재를 알게 됐고, 음지에서 원로회의 통제를 받으며 유지되던 능력자 세계도 별수 없이 현실 세계와 융화되는 길을 택할 수밖에 없게 된 것이다.

물론 지금 이후로 능력자 세계와 현실 세계가 원만히 섞일 때까지 엄청난 사회적 혼란이 뒤따를 것이다.

그 혼돈 뒤에 과연 어떤 모습의 세상이 열릴지는 아무도 알 수 없다.

혼돈을 도래하게 만든 정단오 역시 미래를 짐작하기 힘들었다.

다만 능력자 세계와 현실 세계가 나눠졌지만, 보이지 않는 곳에서 온갖 더러운 거래가 이뤄지던 예전보다는 나아질 거라고 판단했을 뿐이다.

그는 기어코 혼돈을 가져왔다.

앞이 보이지 않을 정도로 어두컴컴한 혼돈이 온 세계를 뒤덮을 것이다.

그 중심에 선 정단오의 생각을 헤아리기 힘들어 보였다.

정단오는 늘 그래왔듯 묵묵히 자신의 길을 걸어갈 것이다.

앞을 막아서는 건 무엇이든 부숴가면서.

한국에서 선포된 카오스 1호가 언제 어떤 방식으로 해제되게 될까.

예측할 수 없었던 대형 사고에 전 세계가 들썩이고 있었다.

* * *

정단오의 말처럼 카오스 1호의 발동 이후 크게 달라지는 것은 없었다.

사람들은 능력자에 대해 말하기 시작했고, 언론에서도 능력자들이 대체 어떤 존재인지 파헤쳤다.

정단오는 의도적으로 원로회의 설립 과정과 체계, 이제껏 원로회 한국지부가 청와대에 결탁하고 저지른 수많은 악행을 언론에 뿌렸다.

국민들은 당연히 분노했다.

친일파의 자손들이 떵떵거리며 권력층을 장악하고, 그걸로도 모자라 능력자들을 이용해 독립군 후손들을 죽였다는 말에 화내지 않을 대한민국 국민이 몇이나 되겠는가.

여론은 급격히 정단오에게 기울었다.

처음에는 새파랗게 젊은 남자가 청와대에 나와서 대통령을 죽였다고 하니, 다들 뜨악할 수밖에 없었다.

그러나 원로회 한국지부와 권력층의 밀약과 악행이 알려지면서 여론의 전세가 역전됐다.

특히 원로회 한국지부를 뒤에서 후원해온 오성 그룹은 엄청난 타격을 입었다.

국민들 사이에서 오성 그룹 불매 운동이 일어났고, 오너 일가에 대한 비판이 수위를 넘어섰다.

정단오가 굳이 오성 그룹 회장을 죽이지 않아도 국민들이 그를 가만 놔두지 않을 분위기였다.

이미 후계자인 장남은 바보가 됐고, 평택의 신형 반도체 개발 공장까지 불에 탄 오성 그룹 회장의 멘탈은 약해질 대로 약해졌다.

그는 여론의 압박을 견디지 못하고 오너 일가의 재산을 사회에 환원하겠다고 밝혔다.

전문 경영인이 오성 그룹의 경영을 대신하게 되고, 오너 일가는 완전히 물러나겠다는 의사도 빼놓지 않았다.

사실 오성 그룹 회장은 직감하고 있었을 것이다.

먼저 물러나지 않으면 대통령을 죽인 정단오가 그를 거리낌 없이 날려버릴 거라는 사실을 말이다.

심판 당하기 전에 먼저 모든 걸 토해놓고 목숨이라도 부지하는 게 그가 선택한 길이었다.

어찌 보면 현명한 선택이다.

그렇게 대한민국의 현실 권력과 능력자 세계 권력 모두와 결탁해 제왕적 지위를 누리던 오성 그룹 오너 일가가 몰락했다.

카오스 1호가 발동된 후 저절로 벌어진 일이고, 국민들의 여론이 정단오에 호의적으로 돌아서는 또 하나의 계기가 됐다.

지긋지긋하던 오성 공화국 신화를 정단오가 무너트렸으니, 프랑스 혁명군을 맞이하던 시민들처럼 카오스 1호 체제를 반길 수밖에 없었다.

물론 카오스 1호가 발동된 후 좋은 일만 벌어지진 않았다.

한국뿐 아니라 전 세계적으로 능력자들의 존재가 뜨거운 이슈로 번졌다.

사람들은 초현실적 능력을 발휘하는 존재가 주위에 섞여 있다는 사실에 혼란스러워했고, 각국 정부에서도 어떻게 하면 민간의 충격을 줄일지 대책을 강구했다.

세계 원로회에서는 최대한 자연스럽게 일반인들에게 녹

아들며, 최대한 능력을 사용하지 말라는 지침을 내렸다.

예전처럼 원로회의 허락을 얻지 않고서는 능력을 드러내지 말고, 사회 혼란을 최소화하라는 뜻이었다.

그 와중에 국제 주가도 하락했고, 한국의 불안정한 상황으로 무역과 증시도 악화됐다.

능력자의 존재가 알려지는 대사건을 겪었으니 어쩔 수 없이 넘어가야 할 문제였다.

사실 사회 혼란뿐 아니라 능력자 세계에서는 여러 사건이 연달아 벌어지고 있었다.

세계 원로회는 한국 문제를 어떻게 처리해야 할지 고심하고 있었고, 아직 공식 입장을 내보이지 않았다.

정단오에게 접촉을 시도하기도 전이었다.

그런데 한국의 비상 상황을 보고 탐욕을 부리는 존재들이 있었다.

멀고도 가까운 나라 일본.

열도의 능력자들이 한국을 탐내기 시작했다.

일본 최강의 능력자들이 입국해 정단오라는 수뇌만 쳐내면 무주공산인 한국 사회를 장악할 수 있다고 판단한 모양이다.

정단오가 원로회 한국지부를 혼자 멸절시켰음에도, 그들은 개의치 않았다.

일본의 능력자들이 훨씬 강력하다는 믿음을 갖고 있기 때문이다.

세계 원로회가 공식 입장을 발표하기 전에 정단오를 처단하고, 이후 한국이 안정화에 접어들면 일정 수준 이상의 지분과 권력을 요구하면 된다.

이것이 일본 능력자들의 계산이었다.

단순하고 무식한 계산이지만, 만약 그들이 정단오를 쓰러트릴 수만 있다면 충분히 가능한 시나리오다.

호시탐탐 한반도를 노리던 일본의 능력자들이 이 기회를 놓칠 리 없었다.

혼란을 틈타 일본 원로회가 자랑하는 최강의 능력자들이 한국으로 입국했다.

엘더는 물론이고, 엘더를 초월했다고 알려진 기린아들도 함께였다.

그들의 목표는 오직 하나, 청와대에 입성해 카오스 1호를 발동시킨 정단오를 죽이는 것이다.

그리고 세계 원로회가 뒤늦게 결단을 내리고 개입하면, 혼란을 야기한 정단오를 죽였으니 어느 정도 한국에 대한 지분을 요구할 것이다.

마치 6.25 전쟁이 끝나고 소련과 미국이 각각 신탁통치를 했던 것처럼, 일본 능력자들도 제2의 소련, 제2의 미국이 되고 싶어 했다.

전 세계와 대한민국에 혼란에 휩싸였고, 세계 원로회마저 정단오와 한국을 어떻게 처리해야 할지 깊은 고민에 빠진 시기.

그 시기를 틈타 한반도에 발을 내디딘 일본의 능력자들이 청와대로 향하고 있었다.

또 다른 폭풍이 서울의 하늘을 뒤덮을 것 같았다.

*　　*　　*

처척, 처처척.

13인의 능력자가 청와대 근처에 다다랐다.

청와대의 주인인 대통령이 죽었지만, 경호 병력은 그대로 유지되고 있었다.

대통령을 대신해 총리가 국정을 총괄하고 있고, 어쨌거나 한국을 대표하는 청와대를 지킬 필요가 있기 때문이다.

하지만 사실상 의미 없는 일이었다.

다른 사람도 아닌 정단오가 청와대 중심부에 기거하고 있다.

그는 매일 총리와 여야당 대표, 각 부처 장관들의 보고를 받으며 카오스 1호 체제의 대한민국을 컨트롤하는 중이었다.

선비촌 청년들은 수도권과 서울 각 지역의 주요 군단으로 파견되어 사령관들의 일거수일투족을 감시했다.

매일 선비촌 사람들에게서 날아오는 보고를 받는 것도 주요 일과였다.

아무튼 청와대 경호 병력은 예전 같았으면 13명의 사람이 무리지어 나타났을 때 민감하게 반응했을 것이다.

단체 관광객이 청와대 앞을 종종 찾지만, 수상한 기색을 대놓고 풍기는 13명이 뭉쳐 있으면 심문을 하고 신원을 확인하는 게 당연한 일이다.

그러나 요즘은 달랐다.

청와대 경호원들은 의무감에, 또는 직업이니까 어쩔 수 없이 하던 일을 하는 것뿐이다.

반인반신(半人半神)으로 불리는 정단오가 청와대에 있는 이상 경호원들의 존재 의미가 사라진 것이나 다름없기 때문이다.

13명의 사람들 무리는 망설이지 않고 청와대 정문으로 움직였다.

청와대 정문 앞에는 차량 진입을 막는 차단막과 경호 병력이 있다.

그러나 경호 병력은 13명을 막는 대신 내부로 보고를 하는 게 전부였다.

현실과 초현실이 뒤섞인 혼돈의 시기에서 경호원들에게 예전과 같은 투철한 사명감을 기대할 수는 없었다.

- 치직, 보고한다. 신원미상의 13명이 청와대 정문으로 움직이고 있다.

- 보고 접수. 제지하지 말고 기다리도록.

청와대 내부의 컨트롤 타워에서도 특별히 제지하지 말라는 지시가 떨어졌다.

혹시라도 13명이 능력자일 경우, 경호원들이 휘말려 크게 다칠 수 있기 때문이다.

능력자의 존재를 모두가 알게 된 세상, 지금이 혼돈의 시기라는 게 체감되는 순간이었다.

저벅저벅.

13명의 사람들은 청와대 경호원들을 안중에도 두지 않았다.

그들은 차량 막이용 바리케이드를 지나 굳게 닫힌 청와대 정문 앞에 섰다.

높이 솟은 정문은 단단한 철로 만들어졌다.

하지만 이들이 마음만 먹으면 당장에라도 찌그러트릴 수 있다.

이들 13명은 일본 원로회가 자랑하는 비장의 전력이다.

오직 이터널 마스터 정단오를 쓰러트리기 위해 온 일본 능력자 세계의 정점에 선 이들이 청와대 정문 하나를 부수지 못할 리 없었다.

그러나 무슨 생각인지 13명은 청와대 정문 앞에서 잠자코 기다렸다.

자신들에게 쏟아지는 경호 병력의 눈길도 개의치 않았다.

마치 청와대 안쪽에서 문을 열어 줄 거라고 생각하는 모양이었다.

곧이어 놀라운 일이 일어났다.

철컥-.

끼이이이익!

굳게 닫혀있던 청와대 정문이 좌우로 활짝 열린 것이다.

보고를 받은 정단오가 순순히 문을 열어주라고 명령을 내렸기 때문이다.

어차피 능력자 세계의 싸움이다.

바다를 건너 청와대 앞에서 모습을 드러낸 능력자들을 막을 수는 없다.

그들이 사자 굴에 들어왔다는 걸 알게 해주는 수밖에.

문이 열리고, 각기 다른 13명은 청와대 안으로 진입했다.

한때 대한민국 최후의 보루였던 청와대가 요즘 들어 너무 쉽게 열리는 듯했다.

이 역시 혼돈의 시기이기에 어쩔 수 없는 일이었다.

쿠웅!

이윽고 다시 청와대 정문이 닫혔다.

경호 병력은 아무 일도 없었다는 듯 자기 자리를 지켰다.

머지않아 청와대 내부에서 엄청난 폭발과 파공성이 울릴지도 모른다.

그래도 경호 병력은 신경 쓰지 않고 석상처럼 자기들 자리를 지킬 것이다.

능력자의 세계와 현실 세계가 교차한 지 얼마 되지 않았다.

아직은 서로의 존재를 인정하면서 신경을 기울이지 않는 게 최선의 방식이었다.

"걸리적거리지 마라."

청와대 안으로 들어선 13명 중, 키 큰 남자가 먼저 입을 열었다.

일본어 억양에서 건방진 성격이 그대로 묻어나왔다.

그의 말을 듣고 코웃음을 친 건 13살 정도로 보이는 키 작은 소년과 30대 중반의 농염한 여인뿐이었다.

나머지 10명은 부정도 긍정도 하지 않은 채 심각한 표정을 지었다.

이것으로 확실해졌다.

일본 원로회가 보낸 최강의 능력자 13명 중에서도 레벨이 나뉘어져 있는 셈이다.

10명은 엘더 급의 능력자일 것이다.

하지만 건방지게 말을 한 남자와 꼬마 아이, 그리고 섹시하게 푹 파인 옷을 입은 여성은 엘더 급을 초월한 능력자임이 분명했다.

한국지부 같은 경우 엘더들이 능력자 세계의 정점을 형성했다.

도광 옥천호처럼 젊은 나이에도 엘더 이상의 강함을 자

랑하는 능력자들이 있지만 소수에 불과하다.

그러나 일본은 한국과 경우가 달랐다.

13명 중 가장 강해 보이는 세 명은 그리 늙어 보이지 않았다.

게다가 한 명은 15살도 안 되어 보이는 꼬마였다.

물론 다른 10명 대부분은 나이가 지긋했다.

하지만 엘더를 초월한 레벨의 능력자들이 있다는 것, 그들이 자신만만하게 정단오를 죽이러 왔다는 건 의미하는 바가 적지 않다.

원로회 한국지부가 한국 능력자 세계를 틀어막고 고인물이 되어 썩어가는 동안, 일본은 엄청난 발전을 한 것이다.

청와대 앞마당으로 들어선 13명의 포스는 절대 만만해 보이지 않았다.

정문을 지나치면 바로 나오는 앞마당에 13명이 멈춰 섰다.

굳이 더 안으로 들어갈 필요가 없었다.

청와대 정문을 열어준 정단오가 알아서 나올 거라고 판단했다.

드넓은 앞마당은 전투를 벌이기에 더 없이 좋은 최적의 장소다.

아니나 다를까.

청와대 안쪽 건물에서 블랙 슈트를 차려입은 새하얀 피

부의 남자가 걸어오고 있었다.

청와대에 상주하는 선비촌 촌장이나 다른 능력자를 대동하지 않았다.

정단오는 집무실 공관에서 홀로 걸어왔다.

마치 지하벙커로 쳐들어갈 때처럼 그는 누구의 도움도 필요로 하지 않았다.

"거만한 태도로군. 칙쇼."

13명을 보고도 태연하게 걸어오는 정단오가 못마땅한 것일까.

일본인 능력자 중 한 명이 욕을 내뱉었다.

자연스럽게 10명의 능력자가 일진을 형성해 앞으로 나갔다.

일본에서 가장 강력한 능력자로 추앙 받는 독특한 세 명은 뒤에 서있었다.

10명이 정단오의 힘을 빼면 뒤에 합류해 마무리를 짓겠다는 심산 같았다.

처억.

앞마당까지 나온 정단오가 13명의 얼굴을 살펴봤다.

그가 입을 열었다.

"일본 원로회는 아주 독특한 색채를 갖고 있지. 그러나 기회를 틈타 너희를 보낸 걸 보니 야비한 구석은 조금도 달라지지 않았군."

한국말을 했지만, 13명 중 절반은 그의 말뜻을 알아들었다.

한국말로 의사소통이 가능한 이들이 꽤 포함돼 있었다.

그때 건방진 말투로 동료 능력자 10명을 비꼬았던 남자가 입을 열었다.

그는 정단오의 눈을 똑바로 쳐다보고 있었다.

"일본말은 알아듣겠지? 세계의 온갖 언어와 능력에 통달했다고 들었으니."

"듣고 있다."

남자는 일본어로 말했고, 정단오는 한국말로 대답했다.

그러나 서로 의사소통이 되는 기묘한 상황이었다.

날카롭게 생긴 남자가 다시 입을 열었다.

"고맙다. 너로 인해 다시 한반도를 통치할 수 있는 기회가 주어졌으니."

"나를 쓰러트리고 혼란한 정세를 틈타 일본의 원로회가 한국을 통치하겠다? 그리고 세계 원로회에게 권한을 요청할 속셈인가."

"잘 아네!"

"헛수고를 했군. 그래도 굳이 바다를 건너오는 수고를 했으니 그 보답을 줘야겠지."

"뭐라?"

"너희는 분명 일본이 자랑하는 최강의 전력들일 터. 너희 모두를 이곳, 청와대 앞마당에 묻는 것으로 과거의 빚을 받겠다."

일본 최강을 자부하는 13명의 능력자를 청와대 앞마당에 묻어버리겠다는 말이다.

그의 말을 알아들은 일본 능력자들은 어이가 없다는 표정을 지었다.

한국까지 온 13명의 능력자는 실질적으로 일본 원로회 전력의 절반 이상이다.

이들이 다 죽으면 일본 원로회는 엄청난 타격을 입게 된다.

게다가 세계 원로회가 입장을 발표하기 전에 임의로 움직였다는 점에서 훗날 큰 제제를 받을 가능성도 있다.

어쨌거나 지금 중요한 건 이 순간의 싸움이다.

청와대 앞마당에서 정단오와 13명의 일본 능력자들이 마주섰다.

누가 최후에 서있느냐에 따라 많은 것이 달라질 터였다.

일본 능력자들이 혼란을 틈타 한국을 컨트롤하고 지분을 요구하게 되느냐, 아니면 정단오가 그들을 쓸어버리고 카오스 1호 체제를 지키느냐.

앞으로 채 한 시간이 지나기 전에 결판이 날 것이다.

정단오는 분노할 동기가 충분했다.

한국의 정세를 엿보고 기회주의적으로 능력자들이 쳐들어왔으니 기분이 좋을 리 없었다.

게다가 하필이면 일본의 능력자들이다.

임진왜란과 일제시대의 상처를 고스란히 기억하고 있는

정단오에게 일본 능력자들의 청와대 침공은 의미하는 바가
남달랐다.

그는 반드시 13명을 모조리 죽여 일본 원로회의 정기를
꺾어놓을 작정이었다.

고오오오오-.

정단오의 깊은 분노가 무시무시한 에너지로 변화되어 뿜
어져 나왔다.

"먼저 가라. 텐노 헤이카와 대일본제국 원로회의 이름을
더럽히지 말도록."

건방진 남자의 말에 10명의 능력자가 정단오 앞에서 기
운을 끌어올렸다.

역시 앞선 10명이 먼저 힘을 빼놓고, 나머지 셋이 뒤에
나서는 차륜전(車輪戰)을 펼칠 모양이다.

한 사람을 두고 여럿이 체력을 안배하며 싸우는 차륜전
은 사실 무척 비겁한 방법이다.

자존심이나 무인의 긍지가 있는 능력자라면 절대 쓰지
않을 전략이다.

하나 일본 원로회의 정예들은 당연하다는 듯 차륜전을
준비했다.

정단오도 크게 개의치 않았다.

예전부터 일본 출신의 능력자들에게 정정당당함을 바랄
수 없다는 걸 알고 있었기 때문이다.

그는 청와대 앞마당에 들어온 13명을 면밀하게 스캔했다.

한 명, 한 명이 원로회 한국지부의 엘더를 능가하는 강자다.

눈빛과 기세만 봐도 대충 윤곽이 그려진다.

앞선 10명은 엘더 급이다.

실제로도 원로회 일본지부의 엘더들인 것 같았다.

문제는 뒤에 선 세 명이다.

키가 정단오만 한 젊은 남자, 가슴을 반쯤 드러낸 글래머 여성, 그리고 10대 초반으로 보이는 꼬마 소년.

이들 셋은 탈아시아 급의 능력자다.

한국이나 일본, 또는 아시아가 아니라 월드 클래스에서 겨룰 정도로 강하다는 뜻이다.

적어도 정단오가 한국에서 만났던 어떤 능력자보다 더 강한 건 확실했다.

중국 대륙에는 원로회의 통제를 받지 않는 능력자들이 많다.

오랜 명맥을 이어온 소림사나 무당파의 진정 제자들 같은 경우는 누구의 터치도 허락하지 않는다.

그렇기에 중국 역시 월드 클래스 레벨의 능력자들을 보유하고 있다.

오직 한국만 예외였다.

땅이 너무 좁고, 그만큼 원로회 한국지부의 통치가 수월했다.

꽉 막힌 규제는 발전을 가로막는 법이다.

한국에서 월드 클래스 레벨의 능력자가 나오지 않았던 건 어쩔 수 없는 현상이었다.

원로회 한국지부가 무너졌으니 앞으로는 기대해볼 만 하다.

그러나 현재로서는 청와대에 쳐들어온 일본 능력자들과 견줄 만한 이들이 없다.

선비촌 촌장 정도면 뒤쪽에 선 세 명과 비슷할지도 모르겠다.

정단오는 새삼 여기 모인 13명이 일본 능력자 세계의 정수라고 판단했다.

다시 말해 이들을 죽여버리면, 일본 능력자 세계의 머리를 잘라버리는 것이나 다름없다.

끊어진 명맥이 다시 살아나려면 오랜 시간이 걸릴 것이다.

일본의 경제가 정치, 군사력을 억제할 것 없이 13명을 죽이는 것만으로도 국기(國氣)를 짓밟는 셈이었다.

정단오는 반드시 눈앞의 13명을 청와대 앞마당에 묻어버리겠다고 다짐했다.

한편으로는 일본 원로회에서 이들 13명을 자신 있게 청와대로 보낸 게 이해가 됐다.

그들로서는 여기 모인 13명이면 충분히 정단오를 쓰러트릴 수 있다고 확신했을 것이다.

그 확신이 얼마나 오만방자한 것이었는지, 정단오가 직접 보여줄 차례다.

"와라."

정단오가 짧게 말했다.

한국말을 모르는 일본 능력자들도 무슨 뜻인지 충분히 알아들은 모양이었다.

자타가 공인하는 일본 최강의 능력자들.

탈아시아 레벨을 자부하는 13명을 마주하고도 무표정한 얼굴로 서있는 정단오.

그의 모습이 일본 능력자들의 신경을 긁어놓는 건 당연 했다.

차륜전 일군의 임무를 맡은 10명의 능력자들은 저마다 가진 기예를 뽐낼 준비를 마쳤다.

그들이 뿜어내는 기운과 정단오에게서 솟아난 에너지가 거대한 파동을 만들어냈다.

웬만한 사람은 감히 청와대 앞마당 근처로 접근도 못 할 것이다.

다가왔다간 기파에 휩쓸려 휘청거리거나 쓰러질 게 분명 했다.

청와대 외곽과 내부를 지키는 경호원들은 멀찍이 떨어져 앞마당을 바라보고만 있었다.

그들은 처음으로 실제 능력자끼리의 싸움을 지켜보게 됐 다.

능력자들의 존재가 양지로 드러났지만, 여전히 SF 판타 지 영화를 보는 심정일 것이다.

청와대 앞마당에서의 전투가 경호원들에게 노출되는 건 나쁜 일이 아니다.

능력자가 어떤 존재인지 더 많은 사람들이 확실히 알고 체감할 필요가 있었다.

현실 세계와 능력자 세계의 융합을 바라는 정단오 입장에서는, 진통이 따르더라도 일반인들이 능력이 발현되는 현장을 보는 게 나쁜 일이 아니라고 생각했다.

파직! 파지직-.

청와대 앞마당에 스파크가 튀었다.

정단오의 기운과 일본 능력자들의 기운이 부딪치며 허공에 불꽃을 만들었다.

단순한 과장법이 아니라 일반인이 전투 반경 가까이 접근하면 제대로 숨도 쉬지 못할 것이다.

대통령은 죽었지만 청와대는 대한민국이라는 나라를 대표하는 공간이다.

그 앞마당에서 정단오와 일본의 능력자들이 맞섰다.

카오스 1호 체제뿐 아니라 나라의 운명이 걸린 싸움이 이제 막 시작되고 있었다.

4장
다시 쓰는 역사

별별 무기가 다 나왔다.

앞으로 나선 10명의 능력자들은 일본도, 표창, 채찍 등 갖가지 무기를 꺼냈다.

그에 맞서는 정단오는 늘 그렇듯 맨손이었다.

그는 두 눈을 똑바로 뜨고 10명을 노려봤다.

차륜전을 원한다면 얼마든지 받아준다.

1군에 해당하는 10명, 뒤에서 사태를 주시하고 있는 세 명, 차례차례 그들을 쓰러트려 청와대 앞마당에 묻어주면 될 것이다.

환경 탓을 하거나 상황의 유불리를 따지지 않는다.

이것이 정단오의 방식이다.

쐐애액-.

강력한 기운을 담은 표창이 날아왔다.

총알보다 빠른 속도.

파괴력 역시 총알과 비교할 수 없다.

휭!

정단오는 고개만 살짝 까닥이는 걸로 표창을 피했다.

하지만 그게 끝이 아니었다.

쐐액-.

쐐애애애액!

연달아 쏘아진 표창이 허공을 수놓았다.

공중에 표창으로 된 꽃이 핀 것 같았다.

아무리 빠른 능력자라도 온몸에 표창이 꽂혀 벌집이 될 것 같았다.

그러나 정단오는 달랐다.

휘릭-.

그가 가볍게 몸을 돌렸다.

발레리나가 턴을 하는 것처럼 유려한 동작이었다.

물 흐르듯 부드럽게 한 바퀴 돌았을 뿐이다.

그런데 허공을 수놓았던 표창들이 정단오를 비껴나가 뒤로 떨어졌다.

너무도 손쉽게 표창 세례를 피한 정단오가 당황한 얼굴의 일본 능력자를 쳐다봤다.

"사천당문의 만천화우도 내 몸의 털끝 하나 상하게 하지 못했었다."

일본 능력자는 정단오의 말을 알아들은 것일까.

안색이 창백해지며 표정이 딱딱하게 굳었다.

사천당문은 중국 사천성을 지배해온 능력자들의 가문이다.

표창 같은 암기와 극독을 주로 다루는 그들은 만천화우를 최고의 경지로 여긴다.

사천당문 역사상 만천화우를 펼칠 수 있었던 사람은 몇 명 되지 않는다.

만천화우(滿天花雨).

이름 그대로 꽃비가 온 하늘을 덮는다는 뜻이다.

여기서 말하는 꽃비, 즉 화우는 당연히 표창이나 비수 같은 암기를 뜻한다.

만천화우에도 끄떡없었다는 정단오의 말은 거짓이나 과장이 아니었다.

사천당문의 만천화우를 피해낸 그에게 일본 능력자의 표창은 애들 장난이었다.

표창을 던진 능력자가 입술을 깨물자 다른 9명이 나섰다.

먼저 달려든 건 기다란 일본도를 든 남자였다.

타다다닥!

그가 특이한 보법으로 거리를 좁혔다.

언뜻 보면 종종걸음처럼 보인다.

하지만 달려드는 속도는 무지막지하게 빨랐다.

순식간에 거리를 좁힌 그가 일본도를 휘둘렀다.

부웅—.

표창을 피한 정단오가 일본도에 당할 리 없었다.

그러나 이게 전부가 아니다.

어느샌가 반대쪽에 달려든 또 다른 능력자가 채찍을 휘둘렀다.

쏴아아악!

날카로운 파공성과 함께 채찍이 정단오의 허리를 노렸다.

빠르게 쏘아진 채찍은 그 어떤 칼날보다 훨씬 더 날카롭고 위험하다.

허리를 내줬다간 그대로 몸이 두 동강 날지도 모른다.

파밧!

정단오가 땅을 박차고 몸을 뒤로 날렸다.

쒸이잉-.

채찍이 그가 서있던 자리를 스치고 지나갔다.

일본도에 이어 채찍까지.

그러나 이것도 끝은 아니었다.

정단오가 피하기를 기다리던 또 다른 능력자가 합세했다.

유난히 주먹이 큰 중년 남성이 하늘 높은 곳에서 낙하하고 있었다.

정단오의 정수리를 노리고 점프했던 것이다.

쉬익-.

쿠우우우웅!

아슬아슬하게 몸을 빼낸 정단오는 지축이 울리는 걸 느꼈다.

공중에서 떨어진 중년 남성의 주먹이 바닥에 커다란 구멍을 만들었다.

가만히 서있었다면 두개골이 깨지고 뇌수가 터졌을 것이다.

표창, 채찍, 그리고 폭탄 같은 파괴력을 지닌 주먹까지.

세 명의 연계 공격은 무척 날카로웠고 빈틈이 없었다.

웬만해선 서있는 자리에서 공격을 흘려내는 정단오도 바삐 움직여야 했다.

하지만 결정적인 차이가 있었다.

아슬아슬했건 말건 세 명의 일본 능력자는 결국 정단오의 옷깃도 잡아채지 못했다.

싸움에서 과정은 중요하지 않다.

오직 의미가 있는 건 결과뿐이다.

과정은 훌륭했지만 셋은 실패했고, 바람보다 빨리 움직이며 연계 공격을 피해낸 정단오는 반격할 타이밍을 잡았다.

우웅!

그의 주먹에 뚜렷한 기운이 맺혔다.

엄청난 에너지 덩어리가 정단오의 오른쪽 주먹을 장갑처

럼 감쌌다.

후욱—.

정단오가 망설이지 않고 주먹을 내질렀다.

하늘에서 떨어지며 청와대 앞마당 바닥을 움푹 패이게 만든 능력자가 타깃이었다.

물론 상대도 가만있지 않았다.

그는 바닥에 구멍을 낸 위력적인 정권을 정단오에게 휘둘렀다.

주먹과 주먹의 대결.

서로 피할 생각 따위 하지 않는 정면충돌이다.

꽈아아앙—!

쇠망치가 부딪치면 이런 소리가 날까.

충돌과 동시에 엄청난 에너지의 파동이 사방으로 번졌다.

일본도와 채찍을 휘둘렀던 능력자 두 명이 충돌의 여파에 몸을 사렸다.

그리고 드러난 결과는 자명했다.

"으아— 으아아아아……!"

폭탄보다 강력한 주먹을 자랑하던 일본인 능력자의 오른손이 통째로 사라졌다.

정단오의 주먹과 부딪치며 오른쪽 주먹과 손목이 한 방에 날아간 것이다.

흔적도 없이 날아간 주먹의 잔해는 어디에서도 찾을 수

없었다.

정단오는 오른손을 잃은 능력자가 고통스러워하도록 내버려두지 않았다.

그가 영영 고통을 느낄 수 없게 머나먼 저승의 세계로 보내주려는 것이다.

빠각!

정단오의 주먹이 그의 가슴팍을 강타했다.

갈비뼈가 으스러지고 심장이 터져나가며 일본 최강의 권사(拳師)로 군림하던 능력자가 즉사했다.

확인할 필요도 없는 죽음이었다.

오른쪽 주먹을 잃고 가슴이 함몰되어 쓰러진 그의 모습은 처량해 보였다.

웬만한 비위를 가진 사람은 쳐다보기도 힘들 만큼 잔인한 광경이기도 했다.

"……."

무거운 침묵이 청와대 앞마당을 짓눌렀다.

멀리 떨어져서 능력자들의 싸움을 지켜보던 청와대 경호원들은 사색이 됐다.

진짜 능력자들이 얼마나 초현실적인 존재인지 깨달았기 때문이다.

사실 청와대 경호원은 일반인 중에서 최고의 담력과 체력을 지닌 사람들이다.

그럼에도 불구하고 능력자들의 싸움을 눈으로 좇는 것조

차 버거웠다.

물론 모든 능력자가 이렇게 강력하지는 않다.

정단오는 말할 것도 없고, 일본 최강의 전력이 왔기에 이런 것이다.

아무튼 능력자들의 압도적인 강함, 그리고 주먹과 손목이 통째로 날아가고 사람이 죽어나가는 현장의 잔혹함이 청와대 경호원들마저 하얗게 질리게 만들었다.

"12명이 남았군."

정단오는 태연한 얼굴로 남은 능력자의 수를 언급했다.

13명에서 한 명이 죽었다.

남은 12명의 운명도 똑같이 만들어주겠다는 의지가 목소리에서 느껴졌다.

정단오의 위력을 실감한 일본 능력자들은 침을 삼켰다.

그러나 겁을 먹고 가만히 있을 거였다면 한국에 오지도 않았을 것이다.

어차피 처음부터 13명 중에서 희생이 있을 거란 각오는 했다.

일본도와 채찍으로 위협을 가했던 능력자 두 명이 다시 땅을 박찼다.

지금은 죽은 동료를 애도할 때가 아니었다.

쉬익-.

쐐애애액!

좌우에서 동시에 쏘아진 일본도와 채찍에서 예리한 기운

이 넘실거렸다.

엘더 레벨의 능력자들이 전력을 다해 펼치는 공격이라 예사롭지 않았다.

촤악!

파파바밧!

정단오는 계속해서 간발의 차이로 일본도와 채찍을 피했다.

그는 결정적인 반격의 순간을 노렸다.

그사이 뱀의 혓바닥처럼 요동치는 채찍이 바닥을 갈라놓고 있었다.

움푹움푹 바닥이 패는 것만 봐도 채찍의 위력을 예상할 수 있었다.

'형산파의 영사삼식육편이 생각나는군.'

정단오는 중국 정통 무림 문파인 형산파의 절기를 떠올렸다.

형산에 둥지를 틀고 살아가는 형산파는 실전적이고 잔인한 무공으로 위명과 악명을 동시에 얻었던 문파다.

아주 과거에는 정파와 사파의 중간인 정사지간으로 분류됐었다.

영사삼십육편(靈蛇三十六鞭)은 형산파의 무공 중에서 가장 강력하면서 익히기 어려운 것이다.

신령한 뱀의 모습을 본떠 만든 서른여섯 개 초식을 익힌 인물이 무림에 등장할 때마다 일대 파란이 일어났다.

일본 능력자의 채찍이 아무리 매서워도 형산파의 영사삼십육편에 비교할 수는 없다.

이미 다 겪어본 종류다.

정단오는 일본도와 채찍을 정리할 시간이 됐다고 판단했다.

이들의 패턴은 충분히 파악했다.

그렇다면 남은 것은 반격밖에 없다.

쐐애액-.

다시 채찍이 날아들었다.

그러나 이번에는 피하지 않았다.

정단오는 허리를 휘감으려는 채찍을 향해 손을 뻗었다.

몸을 동강 낼 수 있는 채찍에 맨손을 가져간 것이다.

그사이 왼쪽에선 다른 능력자가 일본도로 정단오의 목을 노렸다.

후우웅!

목을 까닥하며 일본도를 흘려보낸 정단오가 채찍을 잡았다.

꽈아악-.

놀랍게도 그의 손은 멀쩡했다.

강철도 종이처럼 잘라버리는 채찍을 잡았는데 손에서 피한 방울 나지 않았다.

이유는 간단했다.

일본 최강의 권사와 충돌했을 때처럼 뚜렷한 기운이 정

단오의 손을 장갑처럼 감쌌기 때문이다.

"권캉?"

채찍을 뻗는 능력자가 어눌한 발음으로 말했다.

권강(拳罡)이다.

마지막까지 살아남았던 원로회 한국지부 최후의 엘더가 펼치던 권강을 정단오가 똑같이 쓰고 있었다.

이터널 마스터 정단오의 괴물 같은 학습 능력이 왜 무서운 것인지 증명됐다.

권강으로 손을 보호한 그가 꽉 잡은 채찍을 당겼다.

"칙쇼-!"

채찍을 휘두르던 상대가 욕을 내뱉으며 정단오 앞으로 딸려왔다.

차마 분신이나 다름없는 채찍을 손에서 놓을 수는 없었기 때문이다.

이후는 너무도 간단했다.

정단오는 코앞까지 딸려온 일본 능력자의 목을 부러트렸다.

목을 꺾어 일본도를 피하고, 권강을 입힌 오른손으로 채찍을 잡은 다음 능력자를 끌어당긴다.

그러고는 자유로운 왼손으로 채찍 주인의 목을 부러트린다.

여기까지 한 호흡도 소모되지 않았다.

눈을 가늘게 뜨고 유심히 쳐다봐도 파악하기 힘들 정도

로 순간순간이 빠르게 흘러갔다.

"이이익-!"

잔뜩 열이 받은 남자가 일본도를 수직으로 휘둘렀다.

일도양단(一刀兩斷)의 기세로 정단오를 쪼개려는 것이
다.

하지만 이미 두 명의 능력자를 죽인 정단오는 눈 하나
깜빡하지 않았다.

그는 강철도 무 자르듯 베는 채찍을 움켜쥐었던 오른손
으로 일본도를 막았다.

맨손으로 예리한 기운이 넘실거리는 일본도를 잡아버린
것이다.

오른손에 두터운 권강이 펼쳐져 있기에 가능한 일이었
다.

땡그랑!

일본 사무라이의 정기가 담긴 일본도가 힘없이 부러져
동강이 났다.

정단오의 몸 대신 일본도가 조각난 것이다.

목숨보다 소중히 여기는 칼을 잃은 능력자가 망연자실한
표정을 지었다.

정단오는 왼쪽 손바닥을 편 채 그의 심장을 격타했다.

파앙-!

손바닥에서 뻗어나간 발경(發勁)이 심장을 강타해 마비
시켰다.

털썩-

쿠우웅!

이번에도 어김없는 즉사였다.

정단오는 부러진 일본도를 내려다보며 혼잣말을 읊조렸다.

"아무리 많이 봐도 일본도는 불쾌하군."

혼잣말을 다 내뱉은 그가 고개를 돌렸다.

고작 몇 분 사이에 세 명의 능력자가 죽었다.

한 명 한 명이 각자의 분야에서 일본 최강을 넘어 아시아 최강을 자부하던 능력자들이다.

그러나 주먹도, 채찍도, 일본도도 통하지 않았다.

원로회 한국지부 엘더들이 정단오를 바라보던 시선과 비슷한 눈빛이었다.

남아있는 일본 능력자들의 눈빛에서 연상되는 단어가 딱하나 있다.

괴물.

그들은 괴물을 바라보는 인간의 심정으로 정단오를 쳐다보고 있었다.

일반인은 물론이고 다른 능력자들도 엘더 레벨에 오른 능력자를 괴물처럼 여긴다.

그런 그들조차 정단오라는 차원이 다른 괴물 앞에서 넋나간 표정을 짓는 것이다.

최후의 전력이라 할 수 있는 세 명을 제외하면 일곱 명이 남았다.

아직까지도 건방진 남자는 표정 변화가 없었고, 정체불명의 꼬마 소년은 오히려 흥미롭다는 얼굴이었다.

다만 육감적인 글래머 여성만 처음보다 더 긴장한 기색이었다.

그러나 일본 원로회의 정수(精髓)라 할 수 있는 셋을 불러내기 위해선 남아있는 일곱 명부터 처리해야 한다.

정단오는 서두르지 않고 손을 들어 공격하라는 신호를 보냈다.

"한국까지 관광하러 온 건가?"

도발적인 말이었다.

한국말을 알아듣는 능력자들의 얼굴이 붉어졌다.

말을 몰라도 전해지는 뉘앙스가 있다.

의도적인 도발이고 무시인 게 분명하지만, 화가 날 수밖에 없다.

세 명이 죽었어도 아직 일곱이 남았고, 그 뒤에는 월드클래스 레벨이라 자부하는 일본 최강의 삼인방이 건재하다.

일본 능력자들은 다시 기운을 차리고 정단오를 향해 살기를 뿜어냈다.

물론 정단오는 그들이 뿜어내는 살기에 아랑곳하지 않다.

오히려 정단오에게서 더 짙고 강렬한 살기가 뿜어지는

것 같았다.

세 명을 쓰러트렸지만 아직 모자라다.

그는 반드시 일본 능력자 세계의 머리라 할 수 있는 13명 전부를 청와대 앞마당에 묻어버릴 작정이었다.

처척.

그때 다섯 명이 일렬로 나란히 섰다.

처음부터 표창을 던졌던 능력자도 포함됐다.

뭔가 약속된 것이 있는 듯, 일렬로 선 다섯 명이 동시에 허공으로 몸을 날렸다.

타탓!

휘이이익ㅡ.

포물선을 그리며 허공을 가로지른 다섯 명이 정단오의 사방을 감쌌다.

전후좌우에 한 명씩, 그리고 표창을 던졌던 능력자가 약간 바깥쪽에서 틈을 노리는 진형이다.

나름 머리를 굴려 다수로 한 명을 제압하는 진법을 연구해온 모양이다.

하지만 이들이 어떤 진법을 가져왔어도 정단오를 당황하게 만들 수는 없다.

역사상 최강의 진법이라 불리는 소림사 백팔나한진을 단신으로 깨부쉈던 장본인이 바로 정단오다.

그 일을 계기로 소림사와 친분을 맺고 백보신권을 전수받았던 것이다.

수백 년 전의 까마득한 역사이기에 일본 능력자들이 알리가 없었다.

정단오는 사방을 포위한 능력자들을 보며 조소를 흘렸다.

심장을 서늘하게 만드는 차가운 비웃음이었다.

"너희가 나를 포위했다고 생각하나?"

대답은 돌아오지 않았다.

다섯 명의 능력자는 폭발 직전까지 기운을 응축시키고 있었다.

누가 먼저 움직이느냐.

치열한 기세 싸움이었다.

정단오는 비웃음을 머금은 채 다시 입을 열었다.

"개떼가 호랑이를 포위할 순 없는 법."

말을 마친 그가 양손을 쫘악 폈다.

동시에 땅바닥에서 흙더미가 올라와 다섯 명의 발목을 움켜쥐었다.

한국지부 엘더들을 당황하게 만들었던 능력이 발휘 된 것이다.

"읍!"

"야메-!"

당황한 일본 능력자들이 끌어올리던 기운을 발목으로 돌렸다.

각자의 에너지와 무기로 발목을 붙잡은 흙더미를 부순

것이다.

물론 그들은 일본 최강의 능력자답게 1초도 지나지 않아 흙더미를 박살냈다.

하지만 정단오가 원한 건 바로 그 1초의 틈이었다.

그는 이미 양손에 각기 다른 기운을 일으킨 상태였다.

화르르르륵ㅡ.

파지지직!

시바의 불꽃.

인드라의 뇌전.

인도 최강의 주술 두 가지가 동시에 펼쳐졌다.

하나만 펼치기도 힘든 주술, 그리고 펼쳤다간 사방을 화염과 뇌전 천지로 만드는 주술이 한 사람에 의해 동시에 펼쳐진 것이다.

오른손에서는 푸른 화염이 넘실거렸고, 왼손에서는 벼락의 기운이 뻗어나갔다.

양쪽으로 뻗어나간 불꽃과 뇌전이 정단오의 사방을 가로막은 능력자들을 덮쳤다.

"크아아아아아악ㅡ!"

"아아, 아아아아⋯⋯."

고통에 찬 비명과 절망이 섞인 신음.

그것이 전부였다.

의기양양하게 정단오의 사방을 막았던 능력자 넷은 순식간에 불꽃과 뇌전에 휩싸여 쓰러졌다.

쓰러진 그들이 얼마나 큰 고통을 받는지는 굳이 설명하지 않아도 될 것 같았다.

다섯 명 중에 한 명만 멀쩡했다.

약간 떨어져서 기회를 엿보던 능력자. 표창과 암기를 주무기로 삼은 그만 남았다.

그는 동료 넷이 순식간에 불에 타고 뇌전에 지져지는 걸 보고 전투 의지를 잃었다.

엘더 레벨의 능력자도 정단오의 압도적인 강함 앞에서 패닉에 빠진 것이다.

정단오는 자비를 베풀지 않았다.

쉬이익-.

푸슉!

손끝을 타고 날아간 바람이 그의 가슴을 꿰뚫었다.

일본에서 누구보다 표창을 잘 던진다고 알려진 그가 바람의 표창에 맞아 심장이 터졌다.

이로써 기세등등하게 나선 다섯 명 모두 쓰러졌다.

감히 정단오의 사방을 막았던 네 명은 아직도 꺼지지 않은 시바의 불꽃과 인드라의 뇌전에 고통 받고 있었다.

이미 목숨을 잃었기에 더는 통증을 느끼지 못하겠지만, 그 광경만으로도 다른 사람의 전투 의지를 빼앗기에 충분히 차고도 남았다.

세 명이 죽고 추가로 다섯 명이 쓰러졌다.

이제 남은 능력자는 둘.

둘만 넘어서면 건방을 떨고 있는 삼인방이 나서야 한다.

이쯤 되니 삼인방의 얼굴 표정도 처음과 많이 달라졌다.

앞선 10명이 정단오의 체력을 빼줘야 싸움이 쉬워진다.

하지만 총 여덟 명이 죽을 때까지 제대로 된 타격을 입히지 못했다.

이래서야 차륜전의 의미가 없어지는 것이다.

정단오는 청와대 안으로 들어와 입을 열었던 건방진 남자를 쳐다봤다.

삼인방 중에서도 가장 다혈질로 보이는 그에게 말을 걸었다.

"두 명 남았다. 몸이라도 풀고 있도록."

잔챙이 둘을 금방 정리하겠다는 뜻이다.

역시 의도가 뻔한 도발이지만, 원래 도발은 의도가 분명히 드러날 때 더 효과적으로 먹힌다.

"으드득."

건방진 사내가 이를 세게 악물었다.

생각했던 것 이상으로 정단오는 강했고, 일본 최고의 능력자들은 허무하게 죽어갔다.

그러나 청와대까지 온 이상, 반드시 정단오를 쓰러트려야 한다.

그를 비롯해 농염한 분위기 여인과 꼬마 소년도 비슷한 생각을 하는 듯했다.

이들 세 명은 서로의 눈을 바라보며 전의를 불태웠다.

그사이 정단오는 남아있는 두 명에게 다가갔다.

스르르륵-.

축지법이 괜한 전설이 아니었다.

정단오의 움직임은 축지법이라는 말 외엔 설명할 길이 없었다.

물론 타깃이 된 두 명의 능력자도 재빨리 반응했다.

휘이익-.

두 명이 좌우로 넓게 퍼졌다.

죽을 때 죽더라도 한 번에 당하지 않겠다는 의도가 엿보였다.

정단오는 입가에 떠오른 비웃음을 거두지 않았다.

계속해서 조소를 지으며 왼쪽으로 거리를 벌린 능력자에게 따라붙었다.

쉬이익!

속도는 정단오가 더 빠르다.

마음먹고 속도를 낸 그를 따돌리는 건 불가능하다.

결국 붙을 수밖에 없다.

"히야아앗-!"

현실을 깨달은 상대가 기합을 지르며 두 손을 모았다.

모아진 두 손 사이에서 뭉클뭉클한 에너지가 생성됐다.

마치 미사일을 연상시키는 기파가 정단오를 향해 발사되어 날아갔다.

슈우우욱!

가까운 거리에서 쏘아진 에너지 미사일의 위력은 결코 만만치 않았다.

정통으로 맞으면 위험할 것 같았다.

하지만 정단오의 선택은 항상 상상을 초월한다.

일반인이 아니라 능력자들도 고개를 가로젓는 상황에서 한계를 뛰어넘는 게 그의 주특기다.

화아아악-!

순간 모두의 눈을 멀게 할 정도로 강렬한 섬광이 번쩍였다.

새하얀 빛이 청와대 앞마당을 감쌌다.

아주 짧은 순간이지만 모두 시야를 잃었다.

정단오의 등 뒤에서 태양을 연상시키는 밝고 강렬한 빛이 뿜어졌다.

그는 바로 앞에서 쏘아진 에너지 미사일을 온몸으로 받아냈다.

강렬하고 뜨거운 빛을 발산하며 에너지 미사일을 품에 안은 것이다.

쏴아아아아.

원래라면 에너지 미사일이 정단오를 꿰뚫거나 잔혹하게 폭파시켰어야 한다.

그러나 결과는 달랐다.

어마어마한 에너지를 품고 있던 미사일이 정단오의 몸 안으로 스르륵 흡수됐다.

"······!"

에너지 미사실을 쏜 장본인뿐 아니라 다른 능력자들도 눈을 부릅떴다.

저 거대한 에너지 덩어리를 몸으로 흡수하다니, 이게 가능한 일인가!

하지만 정단오는 미간 하나 찌푸리지 않았다.

곧이어 더 놀라운 일이 펼쳐졌다.

슈우우욱!

정단오의 몸에 흡수됐던 에너지 미사일이 도로 튀어나왔다.

타깃은 처음 미사일을 만들고 쏘아낸 일본인 능력자였다.

퍼억-!

매섭게 날아간 에너지 미사일이 원래 주인을 강타했다.

정신적, 물리적 충격을 동시에 받은 능력자는 그대로 튕겨나가며 목숨을 잃었다.

그를 죽인 것도 죽인 것이지만, 에너지 미사일을 흡수했다 토해내는 방법은 남은 능력자들을 충격에 휩싸이게 만들었다.

어느새 정단오의 등 뒤에서 빛을 발하던 섬광은 멎어들었다.

사실은 정단오가 몸으로 에너지 미사일을 흡수한 게 아니었다.

그가 불러낸 강렬한 섬광의 장막이 에너지를 빨아들이고 내뱉는 역할을 한 것이다.

정단오는 일본 능력자들이 경악한 틈을 놓치지 않았다.

반대편으로 거리를 벌렸던 상대에게 순식간에 접근해 수도(手刀)로 목을 쳤다.

서거걱!

손을 칼처럼 날카롭게 만든 것인데 진짜 칼보다 더 위력적이었다.

목을 맞은 상대는 두말할 필요도 없이 절명했다.

그야말로 게 눈 감추듯 10명의 능력자를 쓰러트린 정단오가 고개를 돌렸다.

일본 원로회의 엘더 레벨 능력자 10명은 그에게 별 타격을 입히지 못했다.

그나마 약간 기운을 소모시켰다는 게 유일한 성과였다.

정단오는 일본이 자랑하는 열도 최강의 삼인방을 쳐다보며 입술을 달싹였다.

"이제 너희 차례다."

5장
일본 봉쇄

정단오는 400년이 넘는 세월 동안 다양한 별호를 얻었다.

그 많은 별호 중에 자기 스스로 지은 것은 하나도 없다.

가장 유명한 별호, 코드 네임은 단연 이터널 마스터이다.

불멸의 지배자, 이터널 마스터.

그러나 이 외에도 무수히 다양한 별호들이 세계 각지에서 전설처럼 회자되고 있다.

은거에 들어갔던 100년 동안에서 모습을 드러내지 않았을 뿐, 인도를 비롯해 다양한 국가들을 떠돌며 생활했었다.

특히 드넓은 중국 대륙에서 다양한 인연을 맺었고, 그덕에 이지아를 중국에 보낼 수 있었다.

그는 아주 오래전 소림사의 백팔나한진을 깨부수며 파진백마(破鎭白魔)라는 별호를 얻기도 했다.

진법을 깨부수는 하얀 악마라는 뜻이다.

소림사가 창설된 이후 단 한 번도 깨진 적 없는 백팔나한진을 파훼했으니, 그런 별호가 붙는 게 당연했다.

비록 마(魔)라는 한자가 들어갔지만, 소림사의 방장과 고승들은 정단오를 좋아했다.

그가 짊어진 무거운 운명에 연민을 보냈고, 이후로도 세대를 거듭하며 꾸준히 교분을 맺어왔다.

소림사에서 파진백마라는 별호를 얻었던 그는 중국에서 또 다른 이름으로 불린 적이 있었다.

멸절(滅絕)의 천마(天魔).

무림에 대해 아는 사람이라면 이 별호를 모를 수가 없다.

천마라는 말은 보통 마교(魔敎)의 교주들 중에서도 압도적인 강함으로 무림을 위협한 인물에게 붙는 별호이다.

그러나 정단오는 마교와 인연이 없음에도 천마의 칭호를 획득한 유일한 무인이었다.

오죽했으면 당대 신강성 일대를 근거지로 삼았던 마교에서도 정단오의 별호에 시비를 걸지 않았다.

누구도 부정할 수 없을 만큼 압도적인 포스로 무림에 일대 사건을 일으켰기 때문이다.

파진백마와 멸절의 천마가 동일 인물이라는 걸 아는 사

람은 극소수다.

그러나 아는 사람은 알고 있다.

백팔나한진을 파훼한 파직백마, 날고 기는 무림인 오백 명을 몰살시킨 멸절의 천마.

그가 얼마나 무서운 인물인지를.

고오오오오-.

10명의 일본 능력자를 쓰러트린 정단오의 등에서 어두운 그림자가 솟구치는 것 같았다.

눈부신 섬광으로 에너지 미사일을 흡수했을 때와는 정반대의 모습이다.

섬광과 암흑을 자유자재로 오가는 모습이 실로 경이적이었다.

보통 능력자들은 한 가지 속성을 부여받는다.

근접전에 강한 능력자들은 평생 근접 박투와 도검술을 연마한다.

원거리에 특화된 능력자들은 소환술이나 주술, 마술 등을 익히는 데 온 신경을 쏟는다.

근거리, 원거리가 아니라 능력 본연의 색깔이나 무기도 하나 이상을 넘어서기 힘들다.

바람을 주로 다루는 능력자가 물이나 불의 기운까지 다루는 경우는 매우 드물다.

검술을 익힌 무인이 창과 채찍에도 통달하기란 얼마나 어려운 일인가.

하지만 정단오는 시간의 힘으로 모든 한계를 극복했다.

그가 학습에 특화된 대단한 능력자임은 부인할 수 없다.

그러나 다른 능력자들과 가장 큰 차이는 역시 시간이다.

오래 살아야 100년을 사는 능력자들과 달리 그에게는 400년이 넘는 시간이 주어졌다.

그 오랜 세월과 천부적 학습 능력이 더해져 지금의 정단오가 존재한 것이다.

빛과 어둠, 섬광과 암흑, 불과 뇌전, 물과 흙, 근거리와 원거리에 모두 능한 정단오는 다른 능력자들이 도저히 넘어서기 힘든 거대한 벽이었다.

자신만만하게 한국 땅을 밟은 일본 최강의 삼인방도 슬슬 현실을 체감하는 듯했다.

10명의 엘더 레벨 능력자들이 힘 한 번 못 쓰고 죽어나갔다.

이제 와 도망갈 수도 없는 노릇이지만, 어두운 기운을 흘리며 멸절의 천마 시절의 포스를 내보이는 정단오가 그들을 위축되게 만들었다.

"기쁜 날이 되겠군."

"뭐라고!"

정단오의 뜻 모를 말에 건방진 사내가 반응했다.

그는 기에 눌렸다는 걸 숨기기 위해 더욱 사나운 태도를 취했다.

꼬마 소년과 여자는 한국말이 능숙하지 않은 데 비해 건방진 사내는 말이 유창했다.

"일본 원로회의 정수가 청와대 앞마당에 묻히게 됐으니, 다음 세대가 올 때까지 일본의 능력자 세계는 숨죽이고 있을 수밖에 없지 않은가. 굳이 일본에 갈 필요 없이 너희가 알아서 찾아와 얼마나 기쁜지 모른다."

"건방진……!"

"건방진 건 내가 아니라 너희다."

"닥쳐라!"

"죽을 자리로 당당히 들어온 너희의 오만에 찬사를 보내며, 그 대가로 청와대 앞마당에 묻어 영원히 일본의 치욕이 되게 만들어주마."

"크으읍……."

상상만 해도 소름 돋는 일이다.

일본 원로회를 대표해서 한국을 정벌하러 온 능력자들이 전부 청와대 앞마당에 묻히면 두고두고 기념비 노릇을 하게 될 터였다.

한국 입장에서는 또다시 일본이라는 외세의 침략을 막아낸 승전비가 되는 셈이다.

반면 일본 입장에서는 혼란한 정세를 틈타 비겁하게 능력자들을 보냈다가 실패한 역사가 기록으로 남게 되는 것이다.

긴 역사에서 두고두고 치욕으로 남을 게 분명한 일이기에 어쩌면 죽음보다 더 두려울 수밖에 없다.

최후의 삼인방은 일본과 역사 앞에서 영원토록 수치를 당하지 않기 위해서라도 반드시 정단오를 죽여야 했다.

물론 그렇다고 해서 정단오가 순순히 당해줄 리는 없지만 말이다.

지금 그는 과거 중원 무림에서 멸절의 천마로 불릴 때의 포스를 완벽히 재현하고 있었다.

짙은 그림자가 정단오의 신형을 감쌌고, 새하얀 피부와 블랙 슈트의 대비가 더욱 선명하게 보였다.

기괴하고 이질적이면서도 고개를 숙이게 만드는 위압적 존재감이 물씬 풍겼다.

중원 무림인 오백 명을 몰살시키고 천마의 칭호를 얻었던 그날의 기억이 되살아날 것 같았다.

그에 맞서야 하는 열도 최강 삼인방도 준비를 했다.

세 명은 앞선 10명이 죽어나갈 때 정단오의 동작과 전투 패턴을 유심히 살펴보고 있었다.

천변무쌍(千變無雙)한 정단오의 능력에 혀를 내둘렀지만, 아예 정보가 없는 상태에서 싸우는 것보다는 훨씬 나을 것이다.

먼저 내내 시건방을 떨던 남자가 주머니에서 장갑을 꺼냈다.

새하얀 장갑을 두 손에 착용한 남자는 양손을 가지런히 모은 채 집중력을 끌어올렸다.

곧이어 믿기 힘든 광경을 볼 수 있었다.

흰 장갑을 낀 남자의 양손이 기괴한 모양으로 변하기 시작했다.

마치 영화 속 외계인을 연상시키는 장면이었다.

우드득ㅡ 우드드득ㅡ.

귀에 거슬리는 소리와 함께 남자의 양손이 변신했다.

더 이상 그것을 '손'이라고 부를 수 없었다.

연체동물을 연상시키는 흉측한 외계 생명체가 남자의 두 손에 기생한 것 같았다.

한때 유행했던 기생수(寄生手)라는 만화를 떠올리면 이해가 쉬울 것이다.

그가 착용했던 하얀 장갑은 양손의 모양이 변하면서 찢어졌다.

그럼에도 손을 변화시키기 전에 장갑을 끼는 건 일종의 의식 같았다.

"열도 최강의 악마수로 네놈을 갈기갈기 찢어주마."

사내는 자신의 양손을 악마수(惡魔手)라고 불렀다.

자세히 보면 아마존 강에 서식한다는 식인 물고기 피라니아를 두 손에 박아넣은 것 같기도 했다.

어쨌거나 손가락이 길어지고 손이 뒤틀리면서 날카로운 돌기가 돋아난 모습은 무척 충격적이었다.

무서워 보이는 동시에 비위가 상하는 광경이었다.

만약 흉측한 악마수에 잡히기라도 하면 그대로 살점과 뼈마디가 떨어져 나갈 것 같았다.

이빨처럼 날카롭게 돋아난 돌기가 적의 몸을 꽉 깨물고 놓아주지 않을 것이다.

'근접전이군.'

하지만 정단오는 심플하게 상대를 파악했다.

양손을 기괴하게 변화시켜 악마수로 만든 건방진 남자는 근접전에 능숙한 스타일일 것이다.

기괴한 모양의 양손을 무기처럼 활용하며 가까운 거리에서 승부를 보는 인파이터 타입.

파악이 끝났다.

남은 두 명은 어떠할까.

정단오는 그들에게 충분한 시간을 줬다.

모든 걸 내보이게 만든 다음 철저하게 짓밟아, 세상에서 가장 무거운 패배감을 맛보게 하려는 것이다.

꼬마 소년은 가만히 서있는데 글래머러스한 몸매를 자랑하던 여성이 먼저 움직였다.

챙- 채챙!

여성은 손바닥 길이의 짧은 단검 두 개를 꺼냈다.

양손에 단검을 쥔 모습이 인상적이었다.

대부분의 검객들은 기다란 장검을 사용한다.

극단적으로 짧은 비수나 표창을 쓰는 건 암기술을 익힌 능력자들의 몫이다.

하지만 이 여자처럼 어중간한 길이의 단검을 쓰는 능력자는 많지 않다.

대거(Dagger)라고 불리는 손바닥보다 조금 더 긴 단검은 서양에선 주로 도둑들이 쓰던 병기다.

민첩함을 요하는 서양의 도둑이나 던전 탐험가들의 무기술에서 발전된 것이기에, 동양 능력자들 중 단검을 제대로 익힌 사람은 드물다.

그러나 여자는 열도 최강 삼인방에 이름을 올린 능력자다.

눈앞의 세 명은 명실공히 일본에서 가장 강한 능력자들이다.

그런 인물이 단검을 뽑아 들었다는 건 의미하는 바가 크다.

이제껏 상대했던 한국의 능력자나 엘더들과는 완전히 다른 타입의 능력자라는 뜻이다.

그러나 정단오는 조금도 긴장하지 않았다.

무기는 결국 거리의 문제다.

맨주먹부터 기다란 무기인 창, 또는 채찍이나 화살까지.

모양과 특징은 달라도 가장 중요한 건 거리다.

나에게 유리한 거리, 상대에게 유리한 거리.

둘 중에서 어떤 거리를 지키느냐가 싸움의 승패를 결정짓는다.

'둘 다 극단적 근거리. 그렇다면 나머지는?'

정단오의 시선이 미스터리한 꼬마 소년에게 향했다.

두 손을 변형시켜 악마수로 만든 건방진 남자, 그리고

짧은 단검 두 개를 붙잡은 여자는 극단적인 근거리 성향의
인파이터다.

과연 삼인방 모두 근접 박투를 선호하는 능력자일까.

정단오는 그럴 리 없다고 생각했다.

아니나 다를까.

미스터리한 분위기의 꼬마 소년은 정단오를 똑바로 쳐다
보며 아무런 움직임도 취하지 않았다.

아직 자신이 나설 때가 아니라는 것일까.

열도 최강 삼인방 중에서 15살도 안 되어 보이는 소년
만이 겁을 먹지 않은 것 같았다.

멸절의 천마 시절처럼 위압감을 풀풀 풍기고 있음에도
겁먹지 않고 가만히 서있는 소년.

비록 적이지만 정단오도 호기심이 일었다.

그러나 악마수와 단검을 든 두 명을 쓰러트리면 소년의
정체도 알게 될 것이다.

그는 소년에게 향했던 시선을 거뒀다.

청와대에 들어온 후 내내 건방을 떨었던 사내의 악마수
를 무용지물로 만들고, 육감적인 여자의 단검을 부러트려
감히 한국 땅을 밟은 걸 후회하게 만들어 줘야 한다.

"오래 기다렸다. 이제 그만 들어와라."

정단오는 자신이 삼인방에게 시간을 줬다는 걸 똑똑히
알렸다.

틀린 말은 아니었다.

악마수가 돋아나고, 단검을 꺼내 기운을 끌어모으도록 여유를 줬다.

그것은 자신감의 표현이었다.

상대가 아무리 최선의 준비를 해도 짓밟을 수 있다는 자신감이 없으면 불가능한 일이다.

"야레-!"

사내가 먼저 기합을 내뱉으며 땅을 박찼다.

그에 질세라 단검을 여인도 뒤따랐다.

꼬마 소년은 여전히 같은 자리에 서있었다.

적어도 아직은 나서지 않는 듯했다.

정단오는 빠른 속도로 달려드는 두 남녀를 노려봤다.

시야를 확보하는 게 무엇보다 중요하다.

눈으로 쫓으면 몸으로 막을 수 있다.

하지만 눈에서 놓치면 상대의 공격을 막아내는 게 불가능해진다.

너무도 간단한 이치다.

그러나 이를 지켜 행하는 사람은 많지 않다.

쉬익-.

흉측한 양손을 자랑하는 사내가 아래쪽으로 파고들었다.

시선이 잘 닿지 않는 하반신을 노리려는 것이다.

정단오의 시야를 흩트리려는 의도이기도 하다.

확실히 사내는 열도 최강 삼인방답게 싸움의 룰을 알고 있었다.

팍!

정단오가 다리를 들어 사내를 걷어찼다.

단순한 발차기가 아니다.

콘크리트 벽을 부술 수 있는 파괴력이 발에 실려 있었다.

파바박!

사내가 왼손으로 발차기를 막았다.

확실히 악마수는 그 어떤 무기보다 강력한 것이다.

정단오의 발차기를 맨손으로 막아내고도 전혀 타격 입은 모습이 아니었다.

다만 아주 약간 뒤로 밀려났을 뿐이다.

그사이 거리를 좁힌 여성이 정단오의 목을 노리고 단검을 휘둘렀다.

이제껏 다른 능력자들이 좌우를 동시에 공격하던 것과는 다른 패턴이었다.

확실히 이들은 정단오의 싸움을 지켜보며 패턴을 읽어냈다.

일본 능력자 세계의 뿌리라고 할 수 있는 10명의 능력자들이 무의미하게 죽은 건 아닌 모양이다.

정단오가 좌우 동시 공격에 대응을 완벽히 한다는 점을 알게 된 둘은 철저히 상하를 공략했다.

좌우 합공이 아닌 상하 합공은 시야를 분산시키기에 더 유리하다.

가만히 서있을 때 우리 눈의 시야를 떠올려보면 알 수 있다.

일반인적으로 두 눈은 좌우를 넓게 포착하지만, 상하의 시야는 좁다.

특히 가까운 거리에서는 상하의 시야가 더 좁아진다.

똑바로 서있는 사람은 자기 허리 아래를 볼 수 없다.

근접전을 주 무기로 삼는 두 명이 상하를 노린 건 탁월한 선택이었다.

10명의 죽음과 맞바꾼 전투 패턴인 것이다.

쐐액!

근거리에서 목을 향해 꽂히는 단검이 매서웠다.

검의 길이가 짧기에 더 빠르고, 순간적으로 더 강한 힘이 실린다.

고수는 한 동작만 봐도 상대를 파악할 수 있다.

양손에 단검을 쥐고 돌격해온 여자는 확실히 월드 클래스 레벨이다.

방금 막 발차기로 하반신을 방어했던 정단오는 급히 목을 뒤로 꺾었다.

쉬이이익-.

바람이 목을 간지럽혔다.

아슬아슬하게 피했지만, 다른 능력자들의 공격을 간발의 차로 흘릴 때와는 달랐다.

말 그대로 아슬아슬했다.

목이 꿰뚫리기 직전, 단검을 흘려낸 것이다.

하지만 그녀의 단검은 두 개다.

다른 손에 쥐고 있던 단검이 이번엔 정단오의 심장을 노렸다.

동시에 발차기에 밀려 뒤로 떨어졌던 사내가 다시 달려들었다.

그는 이번에도 줄기차게 정단오의 다리를 노렸다.

철저히 상하(上下)를 노려 시야를 흩트리고, 정단오를 교란시키려는 것이다.

참으로 영리한 전략이었다.

10명의 동료가 죽는 걸 지켜보면서 최적의 싸움법을 찾아냈다는 게 대단했다.

그래도 같은 나라의 능력자들이고, 같은 목표를 갖고 한국에 온 동료들이다.

하지만 열도 최강 삼인방은 동료의 죽음에 냉정함을 잃지 않고 정단오를 연구했던 것이다.

그 결과, 시작부터 제법 정단오를 괴롭히고 있었다.

쉬익- 쉬이익-.

쐐애액!

쉬지 않고 쏘아지는 공격.

그에 맞서 정단오도 최소한의 동작으로 단검을 피하며 계속해서 발을 굴렸다.

발차기도 대충 할 수 없었다.

사내의 악마수에 붙들리면, 그대로 살점이 뜯겨 나갈 게 뻔했기 때문이다.

악마수가 다리를 붙들지 못하게 강력한 기운을 실어 차 내야 했다.

일진일퇴(一進一退)의 공방이 끊임없이 이어졌다.

주로 남녀가 공격을 거듭하고, 정단오가 계속 방어하는 양상이었다.

시간은 2분에서 3분 남짓 흘렀지만, 벌써 100번이 넘는 공방이 오갔다.

1초를 영원처럼 사용하는 월드 클래스 레벨 능력자들의 싸움이다.

보통 사람들의 시간 감각은 무의미하다.

'잡았다!'

정단오의 눈이 빛났다.

익숙하지 않은 상하 합공이 눈에 익었다.

그 즈음, 사내와 여자의 공격 사이에 아주 미세한 틈이 생겼다.

공방이 계속되며 사내가 하반신을 노리는 타이밍과 여자가 목에 단검을 꽂으려는 타이밍이 엇갈린 것이다.

그래 봤자 1초를 몇 번 쪼개야 하는 정도의 차이다.

하지만 그만한 차이는 정단오에게 영원보다 길게 느껴질 수 있다.

피하고 막아내기만 하던 정단오가 벼락같이 움직였다.

응축시켜 놓은 에너지를 한 방에 폭발시킨 것이다.

콰아앙!

강기(罡氣)가 검에 맺히면 검강, 주먹에 맺히면 권강이다.

그렇다면 다리에 맺힌 강기를 무엇이라 불러야 할까.

예로부터 각법(脚法)으로 절정의 경지에 오른 무인은 없었다.

그렇기에 각강(脚罡)이라는 표현도 존재하지 않았다.

하나, 에너지를 응축시켜 발차기에 미증유의 힘을 실은 정단오는 분명 각강을 펼친 셈이었다.

주먹에 맺혔던 뚜렷한 강기가 그의 발과 촛대뼈를 감쌌고, 달려들던 사내의 악마수를 강타했다.

퍼퍼퍼펑!

쿠당타타탕-.

이전과 달리 폭발음이 울렸고, 사내는 저만치 멀리 날아가 볼썽사납게 나뒹굴었다.

하반신 부위에서 터져 나온 강기의 폭발은 줄기차게 목을 노리던 여자에게도 영향을 끼쳤다.

충격의 여파로 여자가 잠시 휘청거렸고, 정단오는 그 틈에 주먹을 날렸다.

까가가강-.

바스슥!

각강에 이어 권강이었다.

권강이 맺힌 주먹으로 단검을 후려쳤다.

여자의 오른손에 잡혀있던 단검이 형체도 남기지 않고 부서졌다.

그 충격으로 여자의 오른팔 전체가 엄청난 타격을 입었다.

정단오는 꾹 눌러왔던 반격 한 방으로 여자 능력자의 반쪽을 마비시킨 셈이었다.

단검 하나를 잃고, 당분간 오른팔을 못 쓰게 된 여자의 눈이 분노로 번들거렸다.

"쿨럭- 퉤에!"

그때 저만치 나가떨어졌던 사내가 핏덩이를 뱉으며 일어났다.

그의 오른손도 여자의 오른손처럼 만신창이가 됐다.

무패의 역사를 자랑하던 잔혹한 악마수가 완전히 짓이겨졌다.

손이 잘려나간 사람 같았다.

"보기 좋군."

통쾌한 반격을 가한 정단오가 나직하게 중얼거렸다.

그의 말은 사내와 여자의 역린을 건드린 것이나 마찬가지였다.

나란히 오른손을 못 쓰게 된 둘이 비명에 가까운 기합을 지르며 달려들었다.

"크아아아아-!"

"히야아앗!"

사자후도 이런 사자후가 따로 없었다.

분노와 공포가 뒤섞인 기합이 청와대를 쩌렁쩌렁하게 울렸다.

쐐애애애액-.

단검의 속도와 파괴력이 더 강해졌다.

왼손밖에 남지 않았기에 모든 능력을 한 곳에 집중시킨 것 같았다.

양손으로 공격할 때처럼 교차는 불가능했고, 단일 파괴력과 스피드는 향상됐다.

사내 역시 다르지 않았다.

왼쪽 악마수가 넓게 아가리를 벌리며 정단오의 허리 아래를 노렸다.

촤아아아악!

원래 손의 크기보다 훨씬 넓게 펼쳐진 악마수 안쪽의 돌기가 반들거렸다.

곤충을 잡아먹는 식충화(食蟲花)를 연상시켰다.

열도 최강 삼인방 중 두 명이 목숨을 걸고 덤벼드는 게 느껴졌다.

'빠르다!'

정단오는 순간적으로 판단을 내렸다.

위아래로 날아오는 둘의 공격을 동시에 대처하긴 불가능하다.

두 명의 오른손을 전투불능으로 만들어 단일 스피드와 파괴력을 높여준 꼴이 됐다.

그렇다면 선택을 해야 한다.

단검은 한 방에 목을 꿰뚫을 것이고, 악마수는 걸리는 살점과 근육과 뼈를 쥐어뜯어 놓을 것이다.

어느 쪽을 내줘도 치명적인 타격을 입게 된다.

찰나와 같은 순간, 정단오는 판단을 내렸다.

화르르르륵!

등 뒤에 도사리고 있던 검은 그림자가 폭사했다.

강렬한 섬광으로 에너지 미사일을 흡수했던 장면이 떠올랐지만, 영향은 전혀 달렸다.

검은 그림자가 마치 사람의 모양처럼 변해 정단오 앞을 가로막았다.

푸욱!

꽈드드드득.

단검이 목을 꿰뚫고, 사내의 악마수가 한쪽 다리를 무자비하게 잡아 뜯었다.

그러나 목이 뚫리고 다리가 뜯긴 건 정단오가 아니었다.

정단오와 똑같은 모습으로 만들어진 검은 그림자의 형상이 대신 공격을 받아낸 것이다.

순식간에 뒤쪽의 검은 그림자가 인형(人形)으로 변했기에 공격을 하던 여자와 남자도 잠시나마 성공했다고 착각했다.

하지만 막상 단검을 찌르고 악마수로 다리를 잡아 뜯으니, 정단오가 아닌 것이다.

자기 대신 검은 그림자를 희생양으로 내어준 정단오는 여유만만하게 공격을 펼쳤다.

빠가각!

직선으로 쏘아진 그의 정권이 여자의 관자놀이를 가격했다.

권강을 입히지 않았지만 그와 상관없이 쇠망치보다 단단하고 빠른 주먹이다.

두개골이 으스러진 여자는 나머지 한쪽 손의 단검도 놓치고, 끈 떨어진 연처럼 날아갔다.

쿠당탕-.

그사이 검은 그림자에서 손을 뗀 사내가 다시 달려들었다.

이번에는 기필코 본체인 정단오를 놓치지 않겠다는 듯 악마수를 휘둘렀다.

정단오는 자신을 향해 뻗어오는 악마수를 정면으로 받아냈다.

오른쪽 손바닥을 쫘악 펼치며 악마수의 돌기에 가져갔다.

정면충돌을 하려는 것이다.

얼핏 무모해 보였다.

아무리 칼을 받아내는 단단한 손이라도 악마수에 물리면

살점과 뼈마디가 뜯겨나갈 것이다.

정단오가 정면승부를 피하지 않자 사내가 웃음을 지었다.

화아아악!

파지지지직-.

정단오는 그냥 맨손으로 악마수를 맞이하지 않았다.

쫙 펴진 손바닥에 시바의 불꽃이 맺혔다.

모든 것을 불태우는 지옥의 겁화가 악마수의 돌기와 부딪쳤다.

"끄아아아아악!"

돌기가 불에 타며 사내가 극한의 고통을 호소했다.

정단오는 멈추지 않고 나머지 한 손으로 사내의 어깨를 거칠게 잡았다.

왼손에는 이미 인드라의 뇌전이 세팅돼 있었다.

찌리릿!

쫘아아아아악-.

몸으로 감당하기 힘든 전류가 사내의 몸을 저릿하게 울렸다.

아무리 강철 같은 신체를 자랑하는 능력자라도 맨몸으로 인드라의 뇌전을 받아낼 수는 없다.

사내가 자랑하던 악마수는 불에 지져졌고, 온몸은 뇌전을 받아내 까맣게 변색됐다.

후우우우-.

쿠웅!

생명을 잃고 뻣뻣해진 사내의 몸이 뒤로 떨어졌다.

정단오는 오른 손바닥을 쳐다보고 쓴웃음을 지었다.

시바의 불꽃을 먹였지만, 그 와중에 악마수의 돌기가 손바닥에 상처를 남겼다.

새하얀 손바닥에 피가 제법 흘러나왔다.

그러나 열도 최강 삼인방 중 두 명을 쓰러트린 대가 치고는 저렴했다.

결정적인 순간 검은 그림자를 대신 내세운 게 승부를 갈랐다.

그때 낯선 목소리가 들렸다.

"검은 그림자? 뭐였죠?"

삼인방 중 두 명이 죽을 때조차 움직이지 않던 꼬마 소년이 질문을 던진 것이다.

놀랍게도 소년은 유창한 한국어를 사용했다.

발음에도 부자연스러운 부분이 전혀 없었다.

일본인 특유의 혀 짧은 발음이 없다는 게 인상적이었다.

소년은 정말 궁금한 듯 순진한 눈동자로 정단오를 쳐다보고 있었다.

정단오도 소년을 가만히 노려봤다.

10대 초반으로 보이지만 어쩌면 더 어릴지도 모른다.

나이가 파악되지 않는 외모.

거기에 신비롭고 미스터리한 분위기.

유창한 한국어.

결정적으로 열도 최강 삼인방에 속했으면서도 자신을 제외한 12명이 다 죽을 때까지 아무런 움직임도 취하지 않았다.

400년 넘는 세월을 살아온 정단오조차 눈앞의 꼬마 소년을 파악하기 힘들었다.

그는 뜨겁게 끓어오르는 기운을 유지한 채 입을 열었다.

"이형환위라고 들어봤나."

이형환위(移形換位)는 엄청나게 빠른 속도로 움직여 잔상을 남기는 경지를 말한다.

그 뜻을 아는지 소년이 고개를 끄덕였다.

"하지만 이형환위의 잔상은 실제로 공격을 받아낼 순 없잖아요. 아저씨가 만든 검은 그림자는 단검과 악마수를 막아냈어요. 이형환위는 아니었다는 거죠."

또박또박 대답하는 게 호기심 많은 어린 학생 같았다.

정단오를 아저씨라 부르는 것도 특이했다.

그러나 정단오는 눈앞의 소년이 열도 최강 삼인방이라는 사실을 잊지 않았다.

그러면서도 또 순순히 대답을 해줬다.

참으로 오랜만에 궁금증을 유발하는 상대를 만났기 때문이다.

"쉽게 설명하마. 이형환위는 잔상을 만든다. 검은 그림자는 내가 만들어낸 기운이다. 실제적인 기운을 주입해 잔상을 현실로 만드는 것이다."

"엄청난 에너지가 소모되겠네요. 진짜 대단한 기술이었어요."

소년이 순수하게 감탄했다.

순간적인 환영에 불과한 잔상이 아니라, 실제 기운으로 또 하나의 인형을 만들어내는 건 대단한 일이다.

정단오는 검은 그림자를 이용해 멸절의 천마라는 별호를 얻었었다.

오백 명의 무림인들은 정단오의 털끝 하나 상하게 하지 못했었다.

칼로 베고 검으로 찔렀다고 싶으면 정단오가 아니라 검은 그림자였다.

아무리 달려들어도 본체가 아닌 분신을 찌르는 게 고작이었던 무림인들은 절망 속에서 몰살당했다.

그가 괜히 멸절의 천마로 불린 게 아니었다.

검은 그림자에 대해 설명해준 정단오가 한 걸음 앞으로 다가갔다.

소년과 거리를 좁힌 그가 낮게 가라앉은 음성으로 물었다.

"이제 네가 대답할 차례다, 소년. 너는 누구인가?"

6장
재회(再會)

참으로 이질적인 일이었다.

수많은 사람들이 정단오에게 정체를 물었었다.

늙지도, 죽지도 않는 정단오는 늘 질문을 부르는 존재였다.

능력자 세계에서 한창 활발하게 활동하던 시절, 정단오는 매일같이 정체가 뭐냐는 질문을 받았었다.

그런데 이제 자신이 똑같은 질문을 하게 된 것이다.

- 소년, 너는 누구인가? -

정단오는 자신이 했던 말임에도 낯선 느낌을 받았다.

자기 입으로 타인의 정체를 묻는 날이 올 줄 몰랐다.

질문을 받은 소년은 정단오를 빤히 쳐다봤다.

12명의 능력자들이 모조리 죽어나가는 걸 봤음에도 그리 겁을 먹지 않는 것 같았다.

곧이어 소년의 입이 열렸다.

그의 대답은 정단오를 더욱 아리송하게 만들었다.

"나를 모르겠어요?"

"내가 너를 아는가?"

"나는 아저씨를 보자마자 알아봤는데."

"……"

정단오는 말없이 소년을 노려봤다.

그의 눈빛에 무시무시한 살기가 담겼다.

어린 소년이라고 해도 봐줄 상대가 아니다.

말장난을 하는 거라면 단숨에 뛰어가 목을 잘라버릴 기세였다.

정단오의 눈빛이 변한 것을 느꼈을까.

알 수 없는 말을 하던 소년이 의미심장한 말을 내뱉었다.

"백야의 암살자."

"!"

정단오의 눈동자가 흔들렸다.

그가 이런 표정을 짓는 건 실로 오랜만의 일이었다.

백야(白夜)의 암살자.

이 또한 정단오가 획득했던 별호 중 하나다.

하지만 이 별호를 기억하는 사람은 극히 일부에 불과하다.

게다가 그 대부분은 이미 죽었고, 공식적인 기록에도 남아있지 않은 별호다.

동양에서는 정단오를 불멸의 지배자로 부르고, 서양에서는 이터널 마스터로 부른다.

그 외의 자잘한 별호는 정단오가 활동했던 특정 지역에서 특정 시기에만 통용됐었다.

정단오는 눈을 가늘게 뜨고 소년의 이목구비를 살펴봤다.

순진한 얼굴.

교복을 입혀 학교에 앉아있으면 영락없는 초등학생이나 중학생으로 보일 것이다.

이 나이 대에는 절대로 백야의 암살자라는 별호를 알 수 없다.

게다가 소년은 일본에서 건너온 능력자다.

열도 최강 삼인방에 속하는 능력자가 어떻게 그 별호를 안단 말인가.

정단오는 단전에서 용암 같은 기운을 끌어올리며 질문을 던졌다.

"누구냐. 대답하지 않으면… 지금 당장 그 목을 베어주마."

"성미가 급한 건 여전하시네요, 아저씨."

"나를 아는군. 그 몸은 껍데기인가."

"역시, 예리하셔요."

정단오의 말에 소년이 부정하지 않고 고개를 끄덕였다.

미스테리한 소년은 스스로의 정체를 털어 놓으려 했다.

"당신이 백야의 암살자라는 별호를 어떻게 얻었는지, 기억하고 있겠죠?"

"물론이다."

"그곳에 내가 있었어요."

"너는ㅡ!"

정단오가 목소리를 높였다.

그는 소년의 정체를 알 것 같았다.

고종이 한반도를 통치하던 혼란기, 일제가 강제 합방을 하기 전의 일이다.

한 무리의 능력자들이 국가를 전복하고 새로운 사회를 건설하려 했다.

그들을 광신도들과 같은 추종자를 거느렸고, 무능한 고종 황제를 몰아내고 능력자들이 만든 새 국가로 일제와 전장을 벌이자는 주장은 제법 설득력을 얻었다.

하지만 능력자가 현실에 일정 이상 개입하면 안 된다는 룰을 어긴 것이었고, 그보다 더 심각한 문제가 있었다.

스스로를 신천회(新天會)라 부른 능력자들은 추종자들을 착취했고, 내부에서 권력 암투를 일삼았다.

그 과정에서 능력자들이 죽어나갔고, 신천회를 추종하는

일반 신도들은 인간 이하의 대접을 받으며 문제가 점점 커졌다.

당시 신천회 내부의 악행은 곪을 대로 곪아 썩어 터지기 직전이었다.

결국 다른 능력자들의 부탁을 받은 정단오가 나섰고, 그는 신천회의 회원들이 모두 모인 백야제(白夜際)에 단신으로 뛰어든다.

백야제에 난입한 정단오는 신천회 능력자들을 도륙하고 뿔뿔이 해산시킨다.

그로 인해 백야의 암살자라는 별호를 얻게 된 것이다.

하지만 신천회 사건을 아는 능력자는 당시에도 극소수였다.

게다가 고종 시대의 일이다.

그곳에 있었다는 소년의 말은 믿기 힘들었다.

하지만 믿지 않을 도리도 없었다.

정단오는 소년이 누구인지 알 것 같았다.

"곽무수로군."

"이제야 알아보시네요, 정단오 아저씨."

확실했다.

곽무수는 신천회를 조직했던 주동자 중 한 명이다.

그는 조선이 대한제국으로 바뀌던 시절, 한반도 안에서 손꼽히는 강자였다.

그러나 신천회를 조직해 무수한 악행을 저질렀고, 백야

제에서 정단오에게 죽임을 당했다.

그런데 분명 죽었던 곽무수가 어떻게 살아있는 것일까.

그것도 어린 소년의 몸으로 열도 최강의 삼인방이 되어서 나타났다.

정단오는 예상되는 바가 있었다.

그 몸이 껍데기냐고 물었던 것도 짐작이 갔기 때문이다.

일본에서 날아온 꼬마 소년, 아니 곽무수는 또박또박 자신의 삶을 설명했다.

"백야제에서 당신이 신천회의 모든 능력자들을 도륙한 그날, 겨우 살아남은 난 만신창이가 된 채 배를 타고 일본으로 도망갔죠. 그곳에서 어렵게 영혼을 옮기는 비술을 배우게 됐고, 몇 년 전 능력을 받아내기 탁월한 아이의 몸을 찾아 숙주가 되었어요. 참 긴 세월이었습니다. 당신이 TV에 나와 능력자 세계의 존재를 알렸을 때… 어차피 이렇게 될 거면 왜 그때 신천회를 막았는지 묻고 싶더군요. 그래서 왔습니다. 일본 최강의 능력자로서, 그리고 신천회를 기억하는 자로서 당신을 쓰러트리기 위해!"

"우스운 소리로군. 신천회가 저지른 수많은 악행을 잊었는가? 너의 원망을 가증스럽게 대의로 포장하지 마라, 곽무수. 그 이중적인 성정은 아직도 버리지 못했는가."

"그렇게 말할 줄 알았습니다. 그럼 능력자로서 현실에 개입해 대통령의 목을 날리고, 세계에 혼란을 야기한 당신은 무슨 대의를 가지고 있는 거죠?"

"종기를 터트린 것이다. 종기가 터진 자리에 새살이 차오를지, 아니면 더 고약한 종기가 자랄지. 시간만이 대답을 해줄 것이다."

"우습군요."

"마음껏 웃어라. 그리고 죽어라."

정단오가 한 걸음 더 다가갔다.

그럼에도 곽무수는 위축되지 않았다.

정단오는 불멸의 권능을 지니고 있지만, 곽무수는 그와 다른 케이스였다.

죽기 직전의 상태로 일본에 건너가 육체를 갈아타며 영혼을 옮기는 비술을 배운 것이다.

불멸은 아니지만, 정상적인 방법으로는 죽이기 힘들다.

그러나 정단오에게는 영혼마저 소멸시키는 최후의 비기가 있다.

혼연의 검.

완전한 상태에서 펼치는 혼연의 검은 인간의 영혼을 소멸시킨다.

육체가 아니라 영혼을 쪼갠다는 점에서 혼연의 검이야말로 곽무수에게 딱 적합한 무기였다.

그러나 곽무수에게 혼연의 검을 꽂아 넣기까지 거쳐야 할 과정이 있다.

정단오를 향한 원한과 분노로 능력을 키워 열도 최강의 능력자가 된 곽무수는 쉽지 않은 상대였다.

신천회 시절에도 그는 까다로운 능력자였다.

그로부터 100년이 더 지났으니 능력이 얼마나 발전했을지 짐작하기 힘들었다.

일본 능력자 세계에서 최고의 자리에 올랐으니 엄청나게 강할 것이다.

최후의 삼인방 중 두 명도 무척 성가신 상대였다.

정단오의 오른 손바닥은 악마수에 당해 상처 입은 상태다.

과연 곽무수는 어떤 카드를 꺼낼 것인가.

신천회 시절 그와 싸워본 정단오는 어렵지 않게 예측을 했다.

'소환술이겠군.'

곽무수는 소환을 주 무기로 하는 능력자다.

자신이 직접 능력을 펼치며 싸우는 게 아니라 이차원 아공간에서 다른 존재를 소환한다.

이 세계의 존재가 아닌 다른 세계의 존재를 소환하는 소환술사들은 언제나 위험한 법이다.

그중에서 곽무수처럼 특출 나게 강한 소환술사는 마음먹기에 따라 세상을 어지럽힐 수 있다.

"백야의 암살자. 불멸의 지배자. 그 모든 이름의 역사가 오늘 끝나게 될 겁니다. 청와대의 주인은 당신이 아니라 내가 될 테니까!"

어린 소년의 목소리로 앙칼지게 분노에 찬 소리를 내뱉

은 곽무수가 두 손을 모았다.

그의 모아진 두 손에서 음울한 기운이 용솟음쳤다.

조금 전과 완전히 다른 모습이다.

급격히 모여드는 기운의 강도가 어마어마했다.

정단오는 눈을 크게 뜨고 곽무수를 쳐다봤다.

대체 어떤 존재를 소환하려고 이렇게 강렬한 기운을 모으는지 모를 일이다.

쏴아아아아─.

지지직, 파지지직!

곽무수의 양손에서 뻗어나간 기운이 사방으로 퍼졌다.

놀랍게도 그 기운은 쓰러져있는 12명의 일본 능력자들에게 연결됐다.

이미 죽은 12명의 능력자들을 제물로 삼으려는 것이다.

그래도 한때 동료였던 능력자들을 소환술의 제물로 삼다니, 신천회에서 수많은 사람들을 제물로 삼았던 곽무수가 아니면 시도하기 힘든 일이다.

고오오오오!

엄청난 기운이 모였다.

소환술의 강함은 누가 소환을 하느냐, 그리고 제물이 무엇이냐에 따라 달라진다.

일본이 고르고 골라 보낸 최강의 능력자 12명을 한 번에 제물로 삼았으니, 상상을 초월하는 소환물이 튀어나올 것 같았다.

"당신을 죽일 수만 있다면……!"

곽무수가 이를 악물고 신음 섞인 말을 뱉어냈다.

소환술을 펼치는 그도 괴로워하고 있었다.

그만큼 엄청난 존재를 부르는 것이다.

파지지지직!

거대한 역장이 생성됐다.

곧이어 그 역장 안에서 뭔가가 튀어나왔다.

이차원의 다른 세계에 사는 존재가 쓰러진 12명의 능력자를 제물 삼아 소환된 것이다.

청와대 앞마당에 나타난 소환물을 바라본 정단오는 눈살을 찌푸렸다.

이 존재를 넘어서기만 하면, 전력을 소모한 곽무수에게 혼연의 검을 꽂아 넣을 수 있다.

그대로 영혼을 소멸시키면 싸움은 끝이 날 것이다.

정수 중의 정수를 잃은 일본 능력자 세계는 앞으로 한 세대가 지날 동안 비실거리며 침묵할 터였다.

그러나 문제는 눈앞의 소환수를 먼저 처치해야 한다는 점이다.

"꾸웨에에엑-!"

완벽하게 소환된 존재가 소리를 질렀다.

멱을 따는 소리에 실린 에너지가 엄청나다.

소리만 듣고도 소환된 존재의 강함이 짐작됐다.

100년 넘게 몸을 바꿔가며 살아온 최악의 소환술사 곽무수가 일본에서 내로라하는 12명의 능력자들을 제물 삼아 불러낸 존재다.

정단오는 그 형상을 보자마자 곽무수를 노려봤다.

"제정신이 아니로군."

"어디 백야제의 그날처럼 또 날뛰어 보시지요. 쉽지는 않을 겁니다."

"기다려라. 금방 네 목에 혼연의 검을 꽂고 영혼까지 소멸시켜 줄 테니."

정단오는 동요하지 않았다.

눈앞에 나타난 소환수는 그도 기록으로만 접했던 존재다.

리자드 맨(Lizard Man).

한국말로 쉽게 번역하면 도마뱀 인간이다.

키는 족히 3m가 될 것 같았고, 두 발로 우뚝 선 몸의 모습은 인간과 흡사했다.

두꺼운 비늘이 온몸을 뒤덮고 있고, 그 안으로 울룩불룩한 근육은 무식해 보일 지경이었다.

단순히 도마뱀이라고 하찮게 생각해선 안 된다.

직립 보행을 하는 3m 크기의 도마뱀 인간이다.

이세계에서는 용족, 즉 드래곤의 후예로 통하며 강가와 습지를 지배하는 파괴적이고 호전적인 종족이다.

이차원의 다른 세계를 연구했던 능력자들에 의해 아주 가끔 소환될 때가 있는데, 그때마다 한 지역을 초토화시켰다고 한다.

　기록에서나 보던 리자드 맨을 직접 확인한 정단오는 고개를 끄덕였다.

　왜 이들이 드래곤의 후예라 불리는지 알 것 같았다.

　어마무시한 존재감이 발산되고 있었고, 리자드 맨이 숨을 쉴 때마다 두꺼운 비늘이 떨리며 위압적인 광경을 연출해냈다.

　이세계의 흉폭하고 포악한 지배자가 청와대 앞마당에 떨어졌다.

　"쿠와악-?"

　리자드 맨이 괴성을 지르며 정단오를 쳐다봤다.

　소환된 존재는 소환술사의 의지를 부여받는다.

　리자드 맨은 곽무수가 지니고 있는 정단오에 대한 무한한 적개심에 동화된 상태다.

　정단오는 180cm를 넘기는 장신이다.

　그런데 리자드 맨은 족히 그의 두 배는 되는 것 같았다.

　고개를 들어 리자드 맨의 노란색 눈동자를 마주본 정단오가 입을 열었다.

　"너에게 사감(私感)은 없다만, 최대한 빨리 원래 세계로 돌려보내주겠다."

　"꾸웩-!"

　말은 못 알아들어도 도발적인 뉘앙스는 충분히 전해진다.

리자드 맨이 분노한 듯 괴성을 지르며 달려들었다.

쿵! 쿵! 쿵!

리자드 맨이 한 걸음 움직일 때마다 지축이 울렸다.

청와대 앞마당의 바닥이 움푹 패는 게 심상치 않았다.

저 덩치와 무게로 힘을 실으면 어떤 파괴력이 나올지 상상 불가였다.

후우욱—.

'빠르다!'

정단오는 감탄하며 몸을 피했다.

심지어 스피드도 떨어지지 않았다.

그러나 감탄하고 있을 틈이 없었다.

정단오는 리자드 맨과 비무 대련을 하는 게 아니다.

반드시 이 무시무시한 소환물을 쓰러트리고 곽무수를 처단해야 한다.

곽무수는 위험한 종자다.

이대로 놔두면 일본과 한국에서 또 무슨 일을 꾸밀지 모른다.

놈이 제발로 청와대에 찾아와 정체를 밝혀준 게 호재였다.

혼연의 검으로 영혼까지 소멸시켜버리면 마음이 좀 놓일 것 같았다.

"쿠웨에에에—!"

정단오가 곽무수에 대해 생각한 걸 알았을까.

집중을 뺏긴 리자드 맨이 더욱 흉포하게 팔을 뻗었다.

팔의 길이도 훨씬 길고, 굵기 역시 인간보다 서너 배는 두껍다.

정단오는 허리를 뒤로 꺾으며 리자드 맨의 팔을 흘려보냈다.

꺾인 허리 위로 비늘로 뒤덮인 팔이 스쳐 지나갔다.

후웅―

그 여파로 바람이 일어났다.

아직 막아보지는 않았지만, 느껴지는 파괴력은 권강으로 둘러싸인 주먹 이상이다.

그러니까 리자드 맨의 공격 한 방, 한 방이 권강을 두른 수준이라 생각하면 된다.

지하벙커에서 원로회 한국지부 최후의 엘더에게 권강으로 등판을 격중 당했던 정단오는 입술을 깨물었다.

리자드 맨에게 공격을 허락했다간 그때보다 더한 꼴이 날 것 같았다.

'방법을 찾아보자.'

전투가 한창일 때 머리를 굴리는 건 크게 도움이 안 된다.

몸으로 부딪치며 직접 해결책을 찾는 게 최선이다.

정단오는 리자드 맨을 향해 정면으로 달려들면서 기운을 모았다.

거대한 에너지가 그의 주먹에 실렸다.

뚜렷한 권강이 주먹에 맺혔다.

그 상태에서 소림사에서 배운 백보신권을 펼쳤다.

꽈앙!

폭발음이 사방을 진동시켰다.

정단오의 주먹은 리자드 맨의 왼쪽 어깨에 정통으로 꽂혔다.

권강에 백보신권이 더해진 공격이었다.

어깨가 함몰되거나 아예 팔이 떨어져 나가는 게 정상이다.

그러나 리자드 맨의 단단한 비늘에 상처가 났을 뿐, 크게 타격을 입은 것 같지 않았다.

"꾸우우우!"

분노한 리자드 맨이 격중 당한 어깨로 정단오를 밀쳐냈다.

쿠우웅―!

어깨에 들이받힌 정단오가 제법 멀리 튕겨나갔다.

공중에서 몇 바퀴를 구르고 자세를 잡은 정단오가 심각한 표정을 지었다.

비늘의 단단함이 말로 표현 불가능할 정도다.

권강과 백보신권이 제대로 통하지 않았다.

역대 최고의 맷집과 내구성을 자랑하는 적을 만난 것 같았다.

게다가 방금 어깨에 들이받힌 충격으로 온몸이 얼얼해

졌다.

곽무수가 자신만만하게 청와대 앞마당으로 쳐들어온 이유를 알 것 같았다.

일본 최강의 능력자들이 다 죽어도 리자드 맨을 소환하면 승산이 있다고 판단한 것이다.

그 판단력을 마냥 비웃을 수 없었다.

실제로 리자드 맨은 이계(異界)의 강가와 습지를 지배하는 흉포한 난동꾼답게 위용이 장난이 아니었다.

대체 어떻게 해야 저 단단한 비늘 갑옷을 뚫어낼 수 있을까.

정단오는 혼연의 검을 떠올렸다.

하지만 여기서 혼연의 검을 사용해 에너지를 소모하면 정작 곽무수의 영혼을 제대로 소멸시키지 힘들지도 모른다.

정단오는 결심을 굳힌 듯 자세를 고쳐 잡았다.

무궁무진한 다른 능력으로 리자드 맨을 쓰러트리겠다고 마음먹은 것이다.

완전무결한 상태의 혼연의 검으로 곽무수의 영혼을 남김없이 소멸시키기 위한 선택이었다.

리자드 맨도 정단오의 기세가 변한 걸 느꼈는지 샛노란 눈동자를 좌우로 굴렸다.

살의(殺意)로 충만한 리자드 맨과 반드시 곽무수를 죽이겠다고 마음먹은 정단오의 싸움은 비로소 본격적인 국면으로 접어들고 있었다.

* * *

"촌장님. 싸움이 생각보다 길어지고 있습니다."

청와대 내부에서 선비촌 청년이 진중한 표정으로 보고를 올렸다.

선비촌의 청년 대부분은 수도권과 경기도의 각 군단 지휘사령부를 컨트롤하고 있다.

하지만 촌장을 비롯해 핵심 인원 몇몇은 청와대에 남아 정단오와 함께 카오스 1호 체제를 주관하는 중이었다.

청와대 앞마당에서 벌어진 일대 전투를 그들이 모를 리 없었다.

비록 정단오가 아무도 나서지 말라고 했지만, 사태를 예의주시하는 게 당연하다.

"흐음…… 일본에서 온 능력자들이라고 했느냐?"

"그런 듯하옵니다. 한데 느껴지는 기운의 파동이 원로회 한국지부의 엘더들 이상입니다."

"그렇겠지. 일본에서 작심하고 최강의 정예들을 보내지 않았겠느냐. 예전부터 일본 원로회에는 엘더 이상의 강자들이 포진해 있었거늘, 혼란을 틈타 과거처럼 한반도를 강점(强占)할 야심을 보인 것이로구나."

"어찌하는 게 좋겠사옵니까?"

선비촌 청년은 상투도 짧게 자르고 현대적인 옷을 입고 있었다.

하지만 말투는 강원도 선비촌에 있을 때와 달라지지 않았다.

전통 복식은 버렸어도 평생 익힌 독특한 말투는 억지로 바꾸기 힘든 것이었다.

잠시 고민하던 촌장이 살짝 목소리를 높였다.

"그가 쓰러질 거라고는 생각하지 않는다. 그렇지 않느냐?"

"네."

"하나, 나가서 상황을 지켜보자꾸나. 만일을 대비해서 나쁠 게 없으니."

"알겠사옵니다, 촌장님."

"다른 아이들은 각자의 자리를 지키게 두어라. 너만 따라오너라."

"네."

촌장이 자리에서 일어났다.

그는 정단오의 패배를 상상하지 않았다.

지하벙커를 지키던 비밀 병력 수백을 단신으로 몰살시키고, 그 안에 함정을 펼치고 기다리던 원로회 한국지부 엘더 전원을 쓰러트린 인물이 바로 정단오다.

역사상 누구도 엘더 레벨의 능력자 서른 명을 한 번에 쓰러트린 적은 없었다.

그렇기에 정단오가 쓰러지는 모습을 상상하는 게 힘들었다.

하지만 선비촌 촌장은 만일의 만일을 대비해서 나쁠 게 없다고 믿었다.

혹시 정단오가 쓰러지지 않고 큰 부상을 입어도 카오스 1호 체제가 불안정해진다.

일본을 비롯해 다른 나라에서 계속 능력자들을 보내 혼란스러운 한국을 지배하려 들지도 모른다.

게다가 조만간 세계 원로회가 입장을 정리하면 월드 클래스 레벨의 능력자들이 방한할 것이다.

그때를 대비해 정단오는 최상의 컨디션으로 굳건히 청와대를 지키고 있어야만 한다.

그렇기에 선비촌 촌장은 밖으로 나가 상황을 지켜보려는 것이다.

힘없는 노인으로 보이지만 그 역시 엘더, 혹은 그 이상의 강함을 지닌 능력자다.

원로회 한국지부의 압제적인 통치를 피해 강원도 산골에서 선비촌을 이끌었던 촌장의 강단과 능력은 결코 만만치 않다.

자리를 박차고 일어선 그가 믿음직한 청년 한 명을 대동하고 걸음을 옮겼다.

노인의 발걸음이라고 보기 어려울 정도로 한 걸음 한 걸음에 힘이 실려 있었다.

긴 복도를 지나쳐 문을 열고 건물 밖으로 나온 촌장은 멀리 앞마당에서 벌어지고 있는 전투를 목격했다.

거리가 제법 있는데도 앞마당에 생성된 기운의 파장이 느껴졌다.

역시 웬만한 능력자는 저기까지 접근하는 것도 힘들 것 같았다.

"저것이…… 대체 무엇이란 말이냐?"

선비촌 촌장의 물음에 청년도 고개를 저었다.

둘은 정단오과 부딪치고 있는 리자드 맨을 본 것이다.

거인 같은 크기, 엄청난 파괴력, 그리고 신체의 한계를 극복한 스피드까지.

쾅!

콰콰콰쾅-.

리자드 맨의 주먹과 기다란 꼬리가 청와대 앞마당을 폭격하고 있었다.

정단오가 피한 자리로 주먹과 꼬리가 떨어졌다.

그럴 때마다 땅바닥이 움푹 패고, 지진이라도 일어난 듯 땅이 흔들렸다.

쿠구궁-.

선비촌 촌장과 청년이 있던 건물 앞까지 지축의 흔들림이 느껴졌다.

"저건 도대체가……."

"도마뱀을 닮지 않았습니까, 촌장님?"

"그렇구나. 아마 저 뒤에 서있는 어린아이가 소환술사인 듯한데……."

"불멸의 지배자께서도 고전하고 계시는 듯합니다."

"기운의 파동이 느껴지지 않느냐? 저 도마뱀 괴물은…… 인세에 존재하면 안 될 것이다."

인간 세상에 존재하면 안 될 괴물이라는 촌장의 말이 와 닿았다.

공중에 높이 점프한 정단오가 리자드 맨의 이마에 주먹을 꽂아 넣었다.

멀리서도 뚜렷하게 빛나는 권강의 강기가 보였다.

하지만 이마를 정통으로 맞고도 리자드 맨은 고개를 몇 번 저을 뿐, 쓰러지지 않았다.

선비촌 촌장의 말대로 인간 세상에 존재해서는 안 되는 괴물이었다.

그때 촌장 옆에 서있던 청년이 결심한 듯 비장하게 입을 열었다.

"촌장님, 제가 가겠습니다."

"그 무슨 말이더냐? 그도 고전하고 있는 게 보이지 않느냐? 너의 능력을 의심하지 않지만, 저 괴물은 우리가 상대할 것이 아니니라."

"아닙니다. 뒤에서 괴물을 조종하고 있는 소환술사. 그를 기습하겠습니다."

"크흐음……."

촌장이 신음을 흘렸다.

청년의 주장이 일리 있게 들렸기 때문이다.

정단오는 도마뱀 괴물과 일진일퇴를 거듭하며 고전하고 있었다.

이대로 시간이 흘러 기운을 소모하고 지치게 되면 어떤 일이 벌어질지 모른다.

촌장이 보기에 청와대 앞마당에 소환된 도마뱀 괴물, 리자드 맨은 너무도 거대하고 강해 보였다.

그러나 뒤쪽에서 소환술을 유지하고 있는 어린 소년은 다르다.

도마뱀 괴물을 피해 넓은 반경으로 돌아나가 어린 소년을 쓰러트리면 자연스레 소환술이 끊어지게 될 것이다.

정단오는 절대 참관하지 말라고 했지만, 함께 카오스 1호 체제를 발동하고 조국의 운명을 주관하고 있는 촌장으로선 결단을 내릴 수밖에 없었다.

"가거라."

"소환술을 끊어내고 오겠사옵니다, 촌장님!"

"너를 믿으마. 각별히 주의하는 것을 잊지 말거라."

"네!"

청년이 호기롭게 대답했다.

그는 선비촌의 여러 청년들 중에서도 두각을 나타내고 있는 능력자다.

오행 중에서 화기(火氣)를 다루는 능력은 경지에 올랐다.

선비촌 촌장의 결정이 과연 싸움의 향방을 어떻게 바꿀 것인가.

이제 와 결정을 번복하기는 늦었다.

촌장의 허락을 받은 청년은 이미 땅을 박차고 청와대 앞마당으로 달려가고 있었다.

쉬쉬쉬쉭-.

무지막지한 기운이 교차하고 있는 앞마당을 향해 청년이 바람처럼 날아갔다.

100년의 세월을 거슬러 다시 부딪치게 된 정단오와 곽무수, 그리고 리자드 맨의 싸움이 더 복잡하게 얽힐 것 같았다.

7장
우정(友情)

"꾸웨엑!"

리자드 맨의 괴성은 단순히 위압적인 효과만 있는 게 아니었다.

전설 속 용족은 드래곤 피어로 수많은 괴물들을 제압했다고 한다.

그에 못 미쳐도 리자드 맨의 괴성은 상대방의 기운을 억누르는 효과를 가지고 있었다.

정단오는 귀에 거슬리는 괴성 때문에 눈살을 찌푸리고 싸웠다.

벌써 몇 방의 주먹을 꽂아 넣었는지 모른다.

어깨와 팔, 그리고 이마에도 정통으로 권강이 실린 정권을 때렸다.

하지만 리자드 맨의 두꺼운 비늘을 상하게 만든 게 고작이었다.

강철보다 단단하고 질긴 비늘을 뚫고 제대로 된 타격을 입히려면 어찌해야 할까.

정단오는 지난 세월 속 수많은 전투를 머릿속으로 떠올리며 놈의 꼬리를 피했다.

콰아앙-.

채찍처럼 내리쳐진 꼬리가 땅을 후벼 팠다.

곧이어 리자드 맨의 주먹이 정단오를 향해 날아왔다.

3m가 넘는 거대한 몸집에서 뻗어 나온 주먹이지만, 그 스피드는 어마어마했다.

부우웅-.

허리를 숙인 정단오 바로 위로 주먹이 스쳐갔다.

연달아 두 번의 굵직한 공격을 피했으니 이제 반격할 차례다.

타이밍을 잡은 정단오가 눈을 빛냈다.

그의 오른손에는 시바의 불꽃이, 왼손에는 인드라의 뇌전이 캐스팅 돼 있었다.

권강과 백보신권처럼 힘으로 비늘을 뚫는 게 불가능하다면 오행의 기운을 적극 활용하는 수밖에 없다.

물과 습지의 지배자인 리자드 맨은 불꽃이나 뇌전에 취약할 확률이 높았다.

정단오는 기대감을 품고 시위를 떠난 활처럼 앞으로 퉁

겨져 나갔다.

슈우욱!

허공으로 튀어 오른 그가 리자드 맨의 가슴팍을 향해 두 손을 뻗었다.

화르르륵-.

파지직!

양 손에서 뿜어진 화염과 뇌전이 리자드 맨의 가슴을 달 궈 놓았다.

시바의 불꽃은 비늘을 태웠고, 인드라의 뇌전도 촘촘한 비늘 틈새로 파고들어 놈의 맨살에 타격을 입혔다.

"쿠워어어어! 꾸워억-!"

권강에도 끄떡없던 리자드 맨이 고통스러운 비명을 토해 냈다.

무지막지한 괴성과는 다른 소리였다.

쿵쿵거리며 뒤로 몇 걸음 물러난 리자드 맨의 노란 눈동 자가 분노로 달아올랐다.

정단오의 공격이 놈을 고통스럽게 만든 것이다.

'먹힌다.'

정단오는 확신을 얻고 미소를 지었다.

화염과 뇌전은 리자드 맨의 두꺼운 비늘을 뚫고 타격을 입힌다.

시바의 불꽃과 인드라의 뇌전을 무한정 펼칠 수는 없 다.

인도 최강의 주술이 아무렇게나 막 나오는 것은 아니다.

하지만 해결책을 찾았다는 것만으로도 만족스러웠다.

적절한 타이밍에 비늘 사이로 시바의 불꽃과 인드라의 뇌전을 꽂아 넣으면 될 것 같았다.

적어도 권강으로 아무런 타격을 못 입혔을 때보다는 전황이 밝아졌다.

한데 그 순간, 정단오의 미간이 일그러졌다.

옆을 스쳐가는 이질적인 기운을 느꼈기 때문이다.

"그만-!"

정단오가 소리를 질렀지만 늦었다.

저만치 먼 곳에서부터 전속력으로 달려온 선비촌 청년은 속도를 줄이지 않았다.

그는 리자드 맨의 공격 범위를 지나쳐 곽무수에게 쇄도하고 있었다.

소환술사인 곽무수를 쓰러트려 리자드 맨을 원래의 세계로 돌려보내겠다는 의도였다.

정단오를 돕기 위해 결단을 내린 것이지만, 과연 그 의도가 성공할지 의문이었다.

정단오가 선비촌 청년을 제지하기엔 타이밍이 늦고 말았다.

리자드 맨에게 온 신경을 쏟고 있었기 때문이다.

쐐애액-.

정단오를 지나친 청년은 곽무수를 노려보고 있었다.

곽무수는 두 손을 모은 채 소환술을 유지하는 중이었다.

"쿠워우오!"

리자드 맨이 자신의 소환술사를 지키기 위해 몸을 돌렸지만 늦었다.

리자드 맨도 정단오와 싸우는 데 전력을 쏟아붓고 있었기에 반응이 느릴 수밖에 없었다.

선비촌 청년은 확실히 의표를 찌르는 데 성공했다.

전력으로 달려온 그가 손을 뻗어 오행의 힘을 일으켰다.

화기를 다루는 능력자답게 그의 양손에서 시뻘건 불꽃이 타올랐다.

"끝이다아ー!"

기합을 터트린 선비촌 청년이 두 손을 뻗었다.

그의 손에서 뿜어진 불꽃이 곽무수를 휩쓰는 것 같았다.

이대로 소환술사인 곽무수가 불에 타 쓰러지고, 리자드 맨도 원래 세계로 돌아가게 될까.

그 순간, 두 손을 모으고 있던 곽무수의 눈이 번뜩였다.

순진한 어린 소년의 얼굴에 도무지 어울리지 않는 사특한 눈빛이었다.

촤라라라락ー.

곽무수의 그림자가 마치 생명을 가진 존재처럼 땅 위에서 올라왔다.

선비촌 청년이 뿜어낸 불꽃은 그림자에 막혔다.

정단오가 어두운 기운으로 인형(人形)을 만들어낸 것과 비슷한 술수였다.

이것으로 끝이 아니었다.

불꽃을 막아낸 곽무수의 그림자는 화살처럼 쏘아져 청년의 목을 잡았다.

우드드득!

용기 있게 달려들어 곽무수를 노렸던 선비촌 청년의 목이 부러졌다.

임무를 완수한 그림자가 다시 원래 위치로 돌아갔다.

곽무수는 표독스러운 눈빛을 번뜩이며 혼잣말을 중얼거렸다.

"잔챙이 주제에 어른들의 싸움에 끼어들면 혼이 나야죠."

쓰러진 청년을 비웃은 곽무수의 말이 정단오의 화를 돋우었다.

의기(意氣)로 정단오를 돕기 위해 달려들었던 선비촌 청년은 쓰러져서 일어나지 않았다.

그가 일어날 수 없다는 걸 알면서도 정단오는 쓰러진 청년을 계속 바라봤다.

투둑—.

가슴 깊은 곳에서 억눌러둔 분노가 용솟음쳤다.

정단오는 여전히 굳건한 리자드 맨, 그리고 뒤에서 괴물을 조종하는 곽무수를 향해 싸늘한 분노를 내뱉었다.

"곽무수, 너는 사람을 잘못 건드렸다."

"일본이 12명의 능력자를 죽여 놓고, 아니 그전에 원로회 한국지부를 다 박살낸 사람이 고작 한 명의 죽음에 화를 내는 겁니까? 아이러니하군요."

곽무수는 코웃음을 쳤다.

그러나 정단오는 진지했다.

진중하고 무거운 분노가 용암처럼 뜨겁게 분출되고 있었다.

"내 사람 한 명이 너희 전부보다 더 값지다."

다분히 자기중심적인 말이지만, 묵직한 진심이 실려 있는 게 느껴졌다.

정단오는 선비촌 청년의 죽음을 좌시하지 않을 것이다.

흉물스러운 리자드 맨과 사이한 곽무수를 소멸시키는 게 청년의 넋을 위로하는 가장 빠른 길일 것이다.

타닥!

정단오가 땅을 박찼다.

이전보다 속도가 더 빨라진 것 같았다.

뒤를 생각하지 않고 전력을 아낌없이 뿜어내고 있었다.

"쿠웍!"

리자드 맨도 지지 않고 반응했다.

괴성을 지르며 양손을 동시에 휘저었다.

후우욱─.

부우우우웅!

엄청난 풍압을 만들어낸 단순한 공격이 점프한 정단오를
노렸다.

공중에 뜬 상태에서는 공격을 피하기 힘들다.

하지만 정단오는 하늘을 자유롭게 나는 듯, 허공에서 각
도를 꺾었다.

쇄아악-.

리자드 맨의 왼팔이 그를 스치고 지나갔다.

나머지 오른팔도 아슬아슬하게 떠오른 정단오의 발밑을
휘저을 뿐이었다.

두 팔을 피해낸 정단오가 리자드 맨의 노란 눈동자를 노
렸다.

화아아악!

오른손에 맺힌 시바의 불꽃이 푸른 화염을 토해냈다.

그대로 정단오의 손이 리자드 맨의 눈동자에 박혔다.

파악!

화르르르륵!

시바의 불꽃이 샛노란 눈동자를 태웠다.

두꺼운 비늘도 눈동자 위에는 돋아나있지 않다.

제때 눈꺼풀을 감지 못한 리자드 맨은 한쪽 눈을 잃고
고통에 몸부림쳤다.

"꾸웨에에에에엑!"

길고 긴 괴성이 청와대 뒷산까지 울려 퍼졌다.

회심의 일격을 성공시키고 착지한 정단오는 무표정한 얼

굴이었다.

공격을 성공시켰다는 기쁨도, 선비촌 청년을 잃었다는 분노도 보이지 않는다.

완벽하게 감정을 통제한 얼굴이 더욱 무서워 보였다.

포커페이스는 정단오를 상징하는 여러 단어 중 하나다.

그가 진심으로 포커페이스를 취할 때, 무자비한 응징이 뒤따른다는 건 과거 능력자 세계에서 상식이었다.

휘익- 휘이익

쿵! 쾅! 쿵! 쾅!

한쪽 눈을 잃은 리자드 맨은 앞뒤를 가리지 않고 난동을 피웠다.

한쪽 눈과 함께 균형감각도 어느 정도 소실됐다.

그러나 기우뚱거리며 마구잡이로 꼬리와 주먹을 내려치는 게 더 위협적으로 느껴졌다.

청와대 앞마당은 이미 벌집처럼 변했고, 널브러져 있던 일본 능력자 12명의 시신도 리자드 맨에 의해 훼손됐다.

정단오는 지금이 기회라고 생각했다.

상대가 고통과 분노로 길길이 날뛸 때 보이지 않던 빈틈이 열린다.

그의 판단은 틀리지 않았다.

고통으로 울부짖는 리자드 맨의 동작 반경이 넓어졌다.

파괴적인 공격이 끊임없이 퍼부어졌지만, 정확도는 훨씬 떨어졌다.

한쪽 눈이 불에 타버렸고, 그에 따라 시야가 축소되며 고통이 이성을 지배한 결과였다.

정단오는 이런 기회를 놓치지 않았다.

리자드 맨의 주먹이나 꼬리에 제대로 얻어맞으면 치명적인 상처를 입게 된다.

그러나 상처 입을 게 무서워 몸을 사릴 수는 없었다.

타아앗!

그가 다시금 허공으로 뛰어올랐다.

하늘 높이 점프한 정단오는 리자드 맨의 정수리를 내려다보았다.

3m가 넘는 리자드 맨보다 훨씬 높이 뛰어오른 것이다.

파아아악!

정단오가 공기를 가르며 중력의 힘에 몸을 맡겼다.

높이 떠오른 만큼 어마어마한 힘이 실렸다.

추락하는 것처럼 보이지만 정확히 의도한 대로 움직이고 있는 것이다.

그의 주먹이 새파랗게 달아올랐다.

시바의 불꽃을 극한까지 펼쳤기에 주먹 전체가 푸른 화염으로 번들거리는 것이다.

"쿠웩?"

정단오의 동작을 놓친 리자드 맨이 남은 눈을 부릅떴다.

바로 그 남은 눈동자에 정단오의 주먹이 꽂혔다.

화르르르륵—.

"꾸워아와아악!"

이보다 더 고통스러운 절규를 또 듣진 못할 것 같았다.

양쪽 눈이 불에 타버린 리자드 맨이 절규하며 온몸을 뒤틀었다.

쿠웅!

그 과정에서 리자드 맨의 어깨가 정단오의 몸을 쳤다.

무쇠보다 단단한 어깨에 충돌한 정단오는 뒤로 튕겨나갔다.

타당탕!

바닥에서 구른 정단오는 묵직한 통증을 느꼈다.

그러나 리자드 맨이 입은 타격에 비할 바는 아니었다.

"쿠와와왁!"

두 눈을 잃은 리자드 맨은 미친개처럼 날뛰고 있었다.

시야를 잃었으니 공격에 정확성이 있을 순 없다.

대신 주변 모든 것들을 파괴하려는 듯, 두 발과 두 주먹, 그리고 기다란 꼬리로 사방을 내려쳤다.

어지간한 담력을 가졌어도 리자드 맨이 난동을 부리는 범위 안으로 들어가기 쉽지 않을 것이다.

그러나 정단오는 거침이 없었다.

벌써 두 번이나 리자드 맨의 어깨에 부딪치며 타격을 입었지만, 그래도 망설임 없이 몸을 날렸다.

쐐애애액-.

총알보다 빠르게 날아오른 정단오의 어깨 옆으로 쇠사슬

같은 꼬리가 떨어졌다.

파파팡!

리자드 맨의 꼬리가 땅을 쳤고, 튀어 오른 파편이 정단오의 등에 부딪쳤다.

하나 그는 개의치 않고 전속력으로 돌진해 움푹 팬 땅을 밟고 점프했다.

이미 두 눈동자를 불로 태웠다.

다른 곳은 온통 두꺼운 비늘로 뒤덮여 타격을 입히기 쉽지 않다.

그렇다면 과연 어디를 노려 리자드 맨의 숨통을 끊을 것인가.

정단오의 선택은 분명했다.

미간이다.

눈과 눈 사이.

인간에게도 가장 위험한 급소 중 한 곳이 바로 미간이다.

두 눈을 잃어버린 리자드 맨의 미간은 두꺼운 비늘로 덮혀있다.

하지만 정단오는 자신이 있었다.

눈동자를 불로 태우며 그 주변의 비늘까지 손상시켰기 때문이다.

그는 시바의 불꽃을 배운 이후 가장 강력하게 에너지를 끌어모았다.

화르르르륵─.

푸른 불꽃 그 자체가 된 정단오가 리자드 맨의 미간에 주먹을 꽂았다.

꽈앙!

화아아아아악─.

둔중한 파공성과 함께 시퍼런 불꽃이 미간의 비늘을 녹였다.

기어코 두꺼운 비늘을 뚫어낸 시바의 불꽃이 리자드 맨의 맨살을 불태우며 미간 안으로 깊숙이 파고들었다.

"꾸워어어으어─!"

두 개의 눈동자에 이어 약해진 미간을 내준 리자드 맨이 괴성을 지르며 균형을 잃었다.

타앗!

안전하게 착지한 정단오는 리자드 맨이 쓰러지는 걸 지켜봤다.

쿠우우우우웅─.

거대한 석상이 무너지는 것 같았다.

리자드 맨의 육중한 신체가 뒤로 쓰러졌다.

또다시 땅바닥을 움푹 패며 쓰러진 리자드 맨은 더 이상 움직이지 않았다.

숨통이 끊긴 채 원래의 세계로 돌아가야 하는 것이 리자드 맨의 운명이었다.

쏴아아아!

어디선가 불어온 바람이 쓰러진 리자드 맨의 몸을 휘감고 지나갔다.

곧이어 신기루가 사라지는 것처럼 리자드 맨이 가루처럼 부서져 허공에 흩날렸다.

소환된 세계에서 숨이 다했으니 원래 세계로 불려가는 것이다.

"끝났군. 남은 카드가 있나, 곽무수?"

도저히 쓰러질 것 같지 않던 리자드 맨을 물리친 정단오가 입을 열었다.

강제로 소환술이 깨진 여파로 인해 곽무수의 안색은 창백하지 그지없었다.

일본 최강을 자부하는 능력자 12명의 시신을 제물 삼아 불러낸 이계의 흉폭한 괴물 리자드 맨이 패배할 거라고는 상상 못한 얼굴이었다.

100년 넘게 몸을 바꿔가며 기생해온 곽무수는 어린 소년의 눈으로 정단오를 쳐다봤다.

하지만 정단오는 그 몸뚱이에 속지 않았다.

누구보다 사특하고 위험한 영혼이 소년의 몸을 움직이는 주체라는 걸 알기 때문이다.

"나, 나를 죽여 봐야 내 영혼은 구천을 떠돌며 다른 숙주를 찾아낼⋯⋯."

정단오는 순식간에 곽무수 앞에 다다랐다.

말을 내뱉던 곽무수가 얼어붙었다.

리자드 맨이 죽은 이상, 그에게는 정단오를 상대할 힘이 남아있지 않았다.

정단오는 꼬마 소년의 몸을 한 곽무수의 눈을 마주보며 선고를 내렸다.

"걱정할 필요 없다. 영혼이 구천을 떠돌지 못하도록, 아예 저승으로 갈 수도 없도록 완전히 소멸시켜주마."

지이이잉-.

말을 마침과 동시에 정단오의 오른팔에서 푸른빛 검이 돋아났다.

다른 12명의 능력자들과 리자드 맨을 상대하면서도 펼치지 않았던 혼연의 검이다.

완벽하게 곽무수의 영혼을 소멸시키려고 아껴왔던 혼연의 검이 눈부신 빛을 발했다.

푸른빛이 더 없이 짙었고, 그야말로 꿰뚫는 건 무엇이든 소멸시킬 태세였다.

"으… 으아아아-!"

자신만만하게 이죽거리던 곽무수도 사태의 심각성을 깨달았다.

혼연의 검이 정말 영혼까지 소멸시킬 수 있다는 걸 느낀 모양이다.

정단오는 일말의 자비도 베풀지 않았다.

자비란 베풀었을 때 감사를 느끼는 대상에게 주어지는 선물이다.

100년 신천회의 백야제에서 곽무수를 완전히 죽이지 못한 것으로 실수는 충분하다.

여기서도 후환을 남길 필요는 없다.

푸우우욱―!

혼연의 검이 곽무수의 심장에 박혔다.

실제 검이 아니기에 피부가 갈라지고 피가 흐르지는 않았다.

그저 푸른빛 검의 형체가 곽무수의 심장이 있는 부위를 관통했을 뿐이다.

하지만 정단오는 손끝으로 전해지는 느낌을 믿었다.

소년의 몸 안에 있는 곽무수의 영혼이 산산조각 나며 부서지고 있었다.

"영원한 소멸이다, 곽무수."

"안 돼에에에에……."

신음을 흘린 곽무수가 뒤로 넘어졌다.

리자드 맨과 마찬가지로 땅바닥에 털썩 쓰러진 것이다.

피 한 방울 흐르지 않았지만 곽무수는 이 세상에서 없는 존재가 됐다.

정단오는 그의 목숨을 빼앗은 게 아니다.

그냥 죽이기만 했다면 일본에서 비기를 터득한 곽무수의 영혼이 또 다른 숙주를 찾아 기생했을 것이다.

그러나 혼연의 검으로 영혼을 소멸시켰기에 더 이상 이 세상에서 곽무수를 만날 일은 없었다.

싸늘하게 식어가는 소년의 어린 몸은 안타깝지만 어쩔 수 없었다.

곽무수가 몸을 차지하는 시점에 원래 주인이던 소년은 죽었을 것이기 때문이다.

"촌장!"

혼란을 틈타 한국을 좌지우지하기 위해 청와대로 입성한 일본 능력자 13명을 모두 쓰러트린 정단오가 고개를 돌려 선비촌 촌장을 불렀다.

파리한 안색의 촌장이 빠른 속도로 달려와 정단오 앞에 섰다.

"내가 분명 나서지 말라고 하지 않았나? 촌장, 너의 선택으로 죽지 않아도 될 아이가 죽었다."

"후우……. 내 무슨 말을 하겠소. 면목이 없소이다."

촌장은 청와대 앞마당 한 켠에 쓰러진 청년의 시신을 보고 한숨을 내쉬었다.

정단오는 이글거리는 눈빛으로 선비촌 촌장을 바라보며 말했다.

"두 번 다시는 내 말을 어기지 마라. 마지막 경고다."

"알겠소이다."

"다른 아이들을 시켜 이 아이의 시신을 수습하도록. 그리고 일본에서 온 능력자들은 모조리 청와대 앞마당에 묻어라."

"묻는 것으로 족하외까?"

"앞마당에 비석을 하나 세우도록 하지. 일본이 영원히 수치를 느끼도록, 그들이 자랑하는 최강의 능력자들이 비열하게 한국의 혼란을 틈타 기습했다가 죽었다는 것을 역사에 기록으로 남기겠다."

"그대로 따르겠소."

정단오는 정말로 곽무수를 포함한 13명의 능력자를 청와대 앞마당에 묻고, 비석을 세워 영원히 기록을 남기려했다.

이로써 일본은 감당하기 힘든 타격을 입게 됐다.

일본 원로회의 중추이자 정수인 최강의 능력자들을 모조리 잃어버렸다.

새로운 능력자들이 탄생하고 길러지는 데 한 세대가 걸린다는 점을 감안하면, 완전히 백지 상태에서 다음 세대가 등장할 때까지 숨을 죽일 수밖에 없었다.

뿐만 아니라 그들의 비열하고 기회주의적인 행태가 만천하에 공개되고 기록으로 영영 남게 생겼다.

정단오는 청와대 앞마당에서 일본과 열도의 능력자 세계에 제대로 한 방을 먹이며 복수를 한 셈이었다.

저벅저벅.

그는 난장판이 된 앞마당을 뒤로하고 걸음을 옮겼다.

예기치 못했던 열도의 공격을 막아내고, 곽무수라는 오래된 악연을 완전히 끊어냈다.

하지만 그리 기쁜 얼굴은 아니었다.

힘든 싸움에서 대승, 혹은 압승을 거뒀음에도 언제나처럼 무표정으로 돌아온 정단오의 얼굴에서 감정의 흔적을 찾아보기 힘들었다.

*　　*　　*

반가운 얼굴이 청와대로 찾아왔다.

물론 정단오가 반가운 기색을 밖으로 내보이지는 않았다.

하지만 무표정을 유지하는 정단오도, 그의 변함없는 얼굴을 바라보는 상대도 알고 있었다.

정단오와 김상현.

둘 사이에 흐르는 신뢰는 감히 측정하기 힘들 정도다.

세월은 곧 힘이다.

함께 보낸 시간이 쌓이고 쌓이면 엄청난 무게를 지니게 된다.

물론 시간만으로 인연의 깊이를 측정할 수는 없다.

이지아처럼 알게 된 지 얼마 안 됐지만 마음 깊이 파고드는 존재도 있다.

그러나 시간의 한계를 초월하는 인연은 극소수다.

대부분의 경우 함께 보낸 시간이 길고, 겪은 사건이 많을수록 더 소중해지기 마련이다.

그런 점에서 정단오와 김상현은 긴 시간과 다양한 사건

을 나누며 차근차근 신뢰를 쌓아온 사이였다.

누군가 작정하고 둘 사이를 이간질하려고 해도 꿈쩍도 안 할 것이다.

카오스 1호 체제가 발동된 이후 경기도 외곽을 도느라 바빴던 김상현은 오랜만에 재회한 정단오에게 웃음으로 첫 인사를 건넸다.

"하하하, 큰 사건이 있었다고 들었는데 여전하십니다. 안심이 되는군요."

"큰 일? 일본 능력자들의 침공을 말하는 건가."

"네. 소문은 들었습니다. 이미 전국으로 이야기가 퍼졌고, 다른 국가로도 소식이 확산되고 있는 중입니다."

"이야기가 어떻게 떠도는지 궁금하군."

"과장된 감은 있지만, 거의 사실 그대로입니다. 일본이 한국의 혼란을 틈타 최강의 능력자들을 보냈지만, 청와대 앞마당을 넘지 못하고 이터널 마스터에게 모두 죽임을 당했다는. 카오스 1호를 발동시킨 이터널 마스터는 그들의 시신을 청와대 앞마당에 묻고 기념비를 세웠다는 이야기입지요."

"딱히 틀린 말은 없군."

"대일 감정이 안 좋은 한국 여론이 호의적으로 반응하고 있습니다. 능력자 세계의 존재를 알게 되고, 대통령의 죽음으로 패닉에 빠졌던 사회 분위기도 안정을 찾아가는 중입니다. 그 와중에 일본 능력자들을 처단한 게 호재로 작용하고 있습니다."

"카오스 1호가 발동됐다고 해도 실제 삶에서 크게 달라지는 부분은 없으니, 시간이 지나면 조금씩 능력자 세계의 존재를 받아들이며 진정될 거라 생각했다."

"맞습니다, 마스터. 그리고 일본 능력자들을 처단한 건 그 시간을 앞당기는 기폭제가 되었지요. 고생 많으셨습니다."

"100년 전의 인물이 소년의 몸을 하고 찾아왔다. 그 덕에 애를 먹었지만, 결과는 앞마당에 세워진 비석이 말해주고 있다."

"앞으로 역사가 계속되어도 청와대 앞마당의 비석은 영원히 남지 않겠습니까? 일본에게 여러 차례 수치를 당했던 우리 민족의 한을 채워주는 기념비이자 승전비로 길이길이 기억될 겁니다. 큰일을 하셨습니다, 마스터."

"그로 인해 일본 능력자 세계와 원로회는 당분간 경거망동하지 못할 것이다. 국제 사회의 비난도 받을 것이고, 무엇보다 전력의 절반 이상을 차지하는 고위 레벨의 능력자들을 대부분 잃었으니."

"세계 원로회도 골치가 아플 겁니다. 한국에서 일어난 사건을 어떻게 처리할지도 결정을 못 내렸는데 일본이 나서서 난리를 친 것도 드러났으니까 말입니다."

"조만간 움직임이 있겠지. 무작정 시간을 끌 세계 원로회가 아니니."

"네. 그에 대비해 수도권, 경기도의 각 군 지휘사령부. 그리고 호남과 영남 지방의 소장, 중장들을 점검하고 왔습니다."

"결국은 군부를 통제하지 않으면 내전이 발발할 수도 있다. 분위기는 어떤가?"

"크게 걱정하지 않아도 될 것 같습니다. 서울과 수도권의 주요 군단장들이 우리에게 포섭됐고, 그들의 영향력이 지방 거점의 군단에도 미치고 있습니다. 군 통수권자인 대통령의 사망에 다들 적잖이 놀랐지만, 원로회 한국지부와 얽힌 비리가 공개되고 여론이 우리 쪽으로 기울면서 군부도 카오스 1호 체제를 따르고 있습니다. 특이 사항이 발생하지 않는 한, 마스터께서 발동하신 체제는 당분간 무리 없이 유지될 것 같습니다."

"고생했다, 김상현."

"아닙니다. 그나저나…… 정말 새로운 세계라는 게 이렇게도 도래하는군요."

매우 중요하고 민감한 보고를 마친 김상현이 미소를 지으며 말했다.

정단오는 그가 무슨 이야기를 하려는지 짐작했다.

하지만 짐짓 모른 척 질문을 던졌다.

"무슨 말인가?"

"마스터께서 발동시킨 카오스 1호 체제 말입니다. 그로 인해 한국과 전 세계의 사람들이 능력자들의 존재를 알게 됐습니다. 능력자들은 영원히 음지에 숨어서 다른 세계를 살아갈 줄 알았는데, 하루아침에 양지로 올라와 현실 세계의 사람들과 섞여서 살아가게 됐습니다. 그에 따른 혼란과 진통이 있겠지만, 어쨌든 새로운 가능성의 세상이 열린 것 아니겠습니까."

"새로운 가능성의 세상. 들어도, 들어도 질리지 않을 말이로군."

"마스터의 손으로 직접 여셨습니다."

"어쩌면 더 안 좋은 일들이 일어날지도 모른다. 하지만 일반 사람들이 모르는 음지에서 권력자와 능력자들이 비밀리에 손을 잡고 세상을 기만하는 일은 훨씬 적어지겠지. 그것으로 충분하다."

"네. 나머지는 우리 모두의 몫일 테니까요."

오가는 대화에 실린 뜻이 가볍지 않았다.

거대한 혼돈, 그리고 새로운 세상의 가능성을 바라보며 여기까지 달려온 정단오와 김상현은 말하지 않아도 비슷한 감정을 공유하고 있었다.

그때 정단오가 화제를 돌렸다.

"중국에 가있는 이지아를 다시 불러도 될 것 같다."

"아, 지아 씨요?"

"원로회 한국지부가 붕괴됐고, 그 잔당들의 영향력도 미비하다. 카오스 1호 체제가 발동된 지금, 굳이 이지아를 중국에 맡겨둘 필요가 없지 않나."

"알겠습니다."

"김상현, 네가 직접 가서 이지아를 데려와다오. 가장 믿을 만한 사람이 너다."

"그럼요, 당연히 제가 직접 가야지요. 걱정하지 마십시오. 무사히, 안전하게 모셔오겠습니다."

"부탁한다."

"하하하!"

정단오의 부탁을 받은 김상현은 유쾌한 기분을 숨기지 않고 웃음을 터트렸다.

이터널 마스터 정단오가 부탁이라는 말을 쓰는 경우는 거의 없다.

그러나 이지아와 관련된 일이기에 서슴없이 부탁이라는 말을 하는 것이다.

무표정한 얼굴 속에 숨겨진 그의 진심을 아는 김상현은 기분 좋게 웃을 수밖에 없었다.

비록 400년 넘게 늙지도 않으며 불멸의 존재감을 과시하더라도 정단오 또한 같은 피가 흐르는 사람임을 느꼈기 때문이다.

간혹 정단오가 보여주는 인간적인 모습은 김상현의 마음을 푸근하고 따뜻하게 만들었다.

그가 선택한 주군이 붉은 피를 흘리고 때로는 사람 때문에 기쁘거나 슬퍼하는 인간이라는 것.

그것이면 충분하다.

400년을 넘게 살았다고 해서 괴물이 아니라는 것을 김상현은 누구보다 잘 알고 있었다.

전국의 주요 군단 지휘관들을 만나고 오자마자 이지아를 데리러 중국에 가게 됐지만, 김상현은 조금도 피곤해하지 않았다.

역사의 소용돌이 중심에서 자신이 맡은 사명이 있다는 것에 감사해하고 있었다.

여느 능력자보다 훨씬 더 강한 마음을 지닌 김상현이 곁에 있었기에, 정단오가 지금까지 올 수 있었는지도 모른다.

돌아보면 늘 그러했다.

임진왜란이 일어났을 때도, 일제가 대한제국을 강제 합병했을 때도 늘 혼자라 여겼고 고독에 휩싸여 있었다.

힘이 있음에도 마음껏 개입할 수 없는 현실에 자괴감을 느낀 적도 많았다.

하지만 정작 능력을 가지지 못한 평범한 사람들, 조선의 의병들과 민초들, 대한제국의 독립군들, 그리고 지금 곁에 있는 김상현 같은 친구들.

이들이 동지가 되어 스스로의 힘으로 조국의 운명을 구해냈다.

정단오는 늘 혼자라 여겼지만, 또 한순간도 혼자인 적이 없었다는 걸 깨달았다.

그는 묘한 표정으로 김상현을 바라보고 있었다.

어쩌면 400년 만에 또 한 단계 성장하며, 인간에 대한 이해심이 깊어지는지도 모른다.

일본의 능력자들을 물리치고 맞이한 청와대에서의 만남은 정단오에게 많은 여운을 남겼다.

그는 자신을 도우려다 곽무수에게 죽은 선비촌 청년의 열정을 떠올렸다.

원치 않는 운명에 휘말려 고생하다 중국에 가있는 이지아를 생각했다.

그리고 무엇이든 거절하지 않고 최선을 다해 도와주는 김상현을 바라봤다.

사람, 사람, 사람.

정단오의 곁에는 사람들이 있었다.

무표정한 그의 입가로 보일락 말락 옅은 미소가 피어나는 것 같았다.

아직 새로운 세상을 향한 싸움은 끝나지 않았지만, 적어도 이것이 외롭고 고독한 싸움이 아니란 것은 알게 됐다.

무엇보다 큰 깨달음을 얻은 정단오는 이전보다 훨씬 더 강해질 것 같았다.

지킬 사람이 있다는 것, 함께하는 사람이 있다는 사실은 강함의 원천이 된다.

혼자 싸우는 사람은 결국 지쳐 쓰러질 수밖에 없다.

자신의 과거와 현재를 새롭게 돌아본 정단오가 어디까지 강해질지, 감히 예측을 하는 것조차 오만이고 교만일지도 모른다.

  인연의 고마움을 자각한 정단오의 옅은 미소가 오래도록
지워지지 않고 입가에 머물러 있었다.

8장
세계 원로회

그날이 왔다.

원로회 한국지부와의 전쟁을 대비해 중국으로 떠났던 이지아가 돌아오는 날이었다.

대한민국의 주요 군단 지휘관들을 점검하고 온 김상현이 그녀를 위해 직접 중국으로 날아갔다.

카오스 1호가 발동되고, 전 세계에 능력자들의 존재가 알려진 후, 국제선 항공편도 축소됐다.

그러나 여전히 민간 항공은 운영되고 있었고, 각국에서는 능력자들을 일일이 걸러낼 시스템이 없었기에 입국 심사를 조금 강화한 수준으로 만족할 뿐이었다.

애초에 신분 조작과 공문서 위조의 달인인 김상현은 중국의 출입국 허가 시스템을 손바닥 위에 놓고 가지고 놀

수 있었다.

그는 이지아 한 명만 데리고 돌아오지 않았다.

정단오와 교분을 맺어온 오랜 동료들, 중국에서 이지아의 신원을 지켜줬던 능력자들이 함께 입국한 것이다.

그들은 정단오를 만나기 위해, 그리고 카오스 1호가 몰고 온 후폭풍을 어떻게 처리할 것인지 의논하기 위해 한국으로 날아왔다.

"단오 씨-!"

하이톤의 목소리가 청와대 건물을 울렸다.

문을 열고 들어온 이지아가 뛰어왔다.

와락!

말릴 틈도 없이 이지아가 정단오를 껴안았다.

정단오는 자신의 품에 안긴 이지아의 정수리를 내려다보며 독특한 표정을 지었다.

무표정도 아니고 웃는 것도 아니다.

그 사이에서 줄다리기를 하는 절묘한 표정이었다.

이터널 마스터 정단오의 새로운 모습을 본 김상현은 웃음을 참지 못했다.

"하하하하-! 지아 씨가 마스터를 엄청 보고 싶어 했나 봅니다."

"잘 있었죠? 카오스 1호를 발동시켰다는 소식은 중국에서 뉴스로 봤어요. 일본 능력자들도 쳐들어 왔었다면서요? 다친 곳은 없어요?"

속사포처럼 쏟아지는 이지아의 질문이 정단오를 당황시켰다.

곽무수가 소환한 리자드 맨도 이렇게 까다롭진 않았다.

하지만 이지아의 질문과 포옹은 정단오를 당황시키는 동시에 안정시켰다.

품에 안긴 그녀의 심장박동이 정단오의 날선 감각을 다독였다.

그는 이지아의 머리를 쓰다듬으며 대답했다.

"아무 일도 없었다. 너를 죽이려던 원로회 한국지부의 뿌리까지 뽑아냈으니 더 걱정할 필요 없다."

"고생했어요. 진짜 고생했어요, 단오 씨."

"중국에서 지내기는 힘들지 않았는가?"

"괜찮았어요. 여기 단오 씨를 아는 분들이 워낙 잘해주셔서요."

이지아가 포옹을 풀고 뒤따라온 사람들을 가리켰다.

김상현과 함께 청와대 건물 안으로 들어온 한 무리의 남자들은 민망한 표정을 짓고 있었다.

그들이 보호했던 이지아와 전설 속 불멸의 지배자가 나누는 애정행각 아닌 애정행각에 어찌할 바를 몰랐던 것이다.

그들은 정단오가 고개를 돌리자 그제야 중국말로 자신들을 소개했다.

"위명은 익히 들었습니다, 불멸의 지배자시여. 그 옛날

소림의 친구였던 파진백마이자 멸절의 천마라 들었습니다.
저희는 소림과 무당, 청성에서 온 제자들입니다."

무리를 대신해 입을 연 남자는 빡빡머리였다.

현대식 복장을 취했지만 머리를 보니 소림사의 후예인
것 같았다.

외부에 알려져 광대놀음을 하는 소림사가 아니라, 진짜
달마의 무예를 계승한 천년소림의 제자인 것이다.

그 뒤에 서있는 남자들도 보통 내기로 보이지 않았다.

일렬로 서있는 남자들은 모두 여섯 명.

소림사와 무당파, 청성파에서 각각 두 명씩 제자를 차출
해 보낸 것이다.

20대 후반부터 40대 초반까지 다양한 연령대의 남자들
은 각 파의 전권을 위임받았을 것이다.

정단오는 소림, 무당, 청성에 은혜를 입힌 적이 있다.

그 인연을 계기로 지속적으로 교분을 맺어왔고, 현재 소
림사를 이끄는 방장과 무당파와 청성파 장문인은 모두 정
단오를 사부 이상의 존재로 여긴다.

귀에 못이 박히도록 정단오의 전설을 들었을 이들은 초
면임에도 공손한 태도를 보이고 있었다.

확실히 잘 훈련 받은 명문 제자들다웠다.

중국은 땅이 워낙 넓어 원로회의 권력이 약하고, 각 지
방의 맹주로 군림하는 문파들이 능력자 세계를 총괄해왔
다.

한국에서 발동된 카오스 1호의 영향으로 중국도 시끄러워졌지만, 베이징에 있는 원로회 중국지부보다 각 지방 문파들이 나서서 현실 세계와 능력자 세계의 혼란을 수습하는 형국이었다.

정단오는 역시 중국말로 인사를 받았다.

"먼 길 오느라 고생했다. 소림, 무당, 청성과 내가 맺은 인연이 얕지 않다. 그 신의로 이지아를 보호해준 것, 두고두고 잊지 않겠다."

유창한 중국어에 모두 놀란 눈치였다.

정단오가 400년을 넘게 살며 각국의 언어와 문화를 마스터했다는 걸 알고 있음에도, 직접 경험하니 신기한 것이다.

일반적인 반응이었다.

금방 놀라운 감정을 수습한 소림사의 대표가 다시 입을 열었다.

"소림, 무당, 청성. 세 사문의 뜻을 받들어 불멸의 지배자를 돕기 위해 한국에 왔습니다. 아울러 앞으로의 행보에 대해 사문을 대신하여 여쭙고자 합니다. 한국의 카오스 1호로 전 세계가 뒤집어졌고, 능력자 세계와 현실 세계가 강제로 합쳐지며 혼란이 일어났기 때문입니다. 세계 원로회의 개입도 예상되는 바, 세 사문의 오랜 친우이자 스승인 불멸의 지배자께서 어떤 생각을 하시는지 감히 여쭈어도 되겠습니까."

공손하면서도 해야 할 말을 정확하게 전달하는 화법이었
다.

정단오는 선을 지키되 비굴하지 않은 소림의 제자가 마
음에 들었다.

"과연 천년소림이 제자를 허투루 키우지는 않는군. 먼
길을 왔으니 식사라도 하면서 이야기를 하도록 하지. 저녁
에 자리를 마련하겠다. 궁금해 하는 모든 것들에 대답해주
마. 만족하겠는가, 소림의 제자여?"

"해량하여 주셔서 감사합니다."

소림사의 제자가 정중하게 합장을 했다.

무당파와 청성파의 제자들은 포권을 취했다.

손바닥으로 주먹을 감싸는 포권은 무림의 전통적인 예법
이다.

오랜만에 합장과 포권 인사를 받은 정단오는 옛 생각이
새록새록 돋아나는 걸 느꼈다.

드넓은 중국 대륙에서 천하를 종횡하며 만든 무용담과
인연이 떠올랐다.

그는 살짝 웃음을 지었다.

여간해선 웃지 않지만, 오랜만에 이지아를 다시 만나 마
음이 풀어진 것 같았다.

물론 그렇다고 해서 대놓고 웃을 리는 없었다.

알아보기 힘들 정도로 아주 옅은 미소를 지은 그가 등을
돌렸다.

오랜만에 청와대 안에서 성대한 만찬이 열릴 것 같았다.

*　　*　　*

즐거운 시간이었다.

밝은 조명이 따뜻한 분위기를 만들어냈고, 기다란 탁자에는 다양한 음식이 차려졌다.

정단오는 청와대를 차지했다고 결코 사치를 하지 않았다.

독재자들의 전철을 밟을 생각은 추호도 없었다.

다만 청와대라는 상징적인 장소에서 카오스 1호 체제로 혼돈 상태의 한국을 컨트롤하고 있을 뿐이다.

그러나 오늘은 청와대 입성 후 처음으로 기분을 냈다.

이지아와 중국에서 본 반가운 사람들을 환대하기 위해서였다.

이 정도의 저녁 식사를 사치라고 말하긴 힘들 것이다.

이지아는 중국에 머무는 동안 제법 친해졌는지 소림사 제자와 간단한 중국어로 대화를 나눴다.

그녀는 우여곡절 끝에 하남성 소림사에 몸을 의탁했고, 무당파와 청성파의 제자들도 번갈아가며 소림사 본산을 찾아 만일의 사태를 대비했다.

하북성 북경, 베이징에 위치한 원로회 중국지부는 이지아가 머무는 동안 별다른 반응을 보이지 않았었다.

김상현의 주도 하에 극비로 중국 입국이 이뤄졌고, 지역을 장악한 전통 문파들의 힘이 워낙 크기 때문에 중국지부가 개입할 여지는 없었다.

"자자, 다들 이렇게 모였는데 건배라도 할까요?"

김상현이 먼저 건배를 제의했다.

한국말을 모르는 중국 무림 제자들도 건배라는 말은 알아들었다.

대충 어감이 비슷했기 때문이다.

정단오는 굳이 제지를 하지 않았다.

그의 무언을 긍정으로 받아들인 김상현이 물 잔을 들었다.

식탁 위에 술은 준비되지 않았다.

그래도 물 잔으로 마음을 나누기에 부족함이 없었다.

"우리의 우정을 위하여, 건배!"

"건배이!"

중국 무림 문파의 제자들이 김상현의 건배에 호응했다.

이지아도 활짝 웃으며 물 잔을 들었고, 정단오 역시 마지못해 물 잔을 살짝 들었다 놓았다.

그렇게 화기애애한 분위기에서 이런저런 이야기가 오갔다.

김상현은 CIA의 엘리트 요원답게 중국어에도 능통했다.

그는 주로 무림 문파 제자들과 이야기를 나눴고, 이지아는 중국에서 있었던 일을 정단오에게 재잘재잘 알려줬다.

"난 정말 소림사가 실제로 있는 줄 몰랐다니깐요. TV에 나오는 이상한 소림사 말고 숨겨진 소림사가 있다니, 그리고 내가 거기서 지내게 됐다니! 완전 멋진 일 아니에요?"

"긍정적이구나. 위험을 피해 이국으로 간 거라 힘들어할 줄 알았는데."

"왜 힘들지 않았겠어요. 하지만 이왕 온 거 힘들어 해봤자 바뀌는 게 없잖아요. 단오 씨가 무슨 마음으로 날 중국까지 보냈는지 잘 아니까…… 무조건 씩씩하고 밝게 견디며 지내야겠다고 생각했어요."

이지아가 큰 눈동자로 정단오를 똑바로 마주보며 말했다.

그녀의 말과 태도에 담긴 진심이 가볍지 않았다.

이제는 정단오도 알고 이지아도 안다.

둘 사이에 흐르는 감정이 단순히 보호자와 피보호자 차원의 것이 아니라는 사실을.

오래 붙어있으며 생긴 동료애도 아니고, 우정은 더더욱 아니다.

둘은 서로를 애틋하게 여기고 있었다.

감정 표현을 거의 하지 않는 정단오도 아주 조금씩 표현을 넓히며 마음을 드러내고 있었다.

이지아에겐 그것으로 충분했다.

그녀는 그의 진심을 의심하지 않았다.

생과 사의 전장을 함께 넘나들며 쌓인 신뢰는 보통 연인들의 감정과 비교할 수 없다.

군이 드러내어 표현하지 않아도, 닭살스러운 말을 하지 않아도 된다.

묵묵히 앞을 지켜주는 든든한 어깨.

장난스럽게 머리를 쓰다듬어주는 하얀 손.

그리고 절대 변하지 않고 영원히 지금처럼 빛날 것 같은 검은 눈동자.

정단오의 모든 것이 이지아를 안심시키고 있었다.

둘 사이에 맺어진 신뢰의 끈은 무엇으로도 끊어낼 수 없다.

함께 목숨을 걸고 싸우는 과정에서 피어난 애틋한 감정은 그토록 찬란한 것이다.

그때 무당파의 제자가 정단오를 바라보고 입을 열었다.

식사가 마무리되어 갈 무렵이라 본격적인 질문을 던지려는 것이다.

"불멸의 지배자여. 저는 무당의 75대 청우라고 합니다."

"말해라, 청우."

정단오는 역시 유창한 중국어로 응대했다.

청우와 정단오의 대화를 모두 유심히 주시했다.

중국어를 더듬더듬 알아듣게 된 이지아도 말을 멈추고 귀를 기울였다.

"본산에서는 불멸의 지배자께서 능력자들의 존재를 온 세계에 알린 것을 긍정적으로 바라보고 계십니다. 어차피 언젠가는 터져야 할 고름이 아니었습니까."

"나의 생각도 그러하다."

"하오나 온갖 비리가 있었다 한들 대통령, 그리고 주한 미군의 사령관을 죽이신 일을 세계 원로회가 묵과하진 않을 듯합니다. 그들로서는 불멸의 지배자로 인해 강고한 통치가 깨어지고, 능력자들이 수면 위로 드러나게 된 셈이니……. 조만간 입장을 정리할 듯한데 어찌 생각하시는지 궁금합니다."

어려운 질문이었다.

미국에 위치한 세계 원로회는 공식적으로 현실 세계의 UN이나 마찬가지다.

물론 아무런 힘이 없는 UN보다 훨씬 막강한 힘을 휘두르고 있다.

이른바 능력자들의 세계 정부인 셈이다.

그들은 능력자들의 현실 개입을 최소화시키며 두 세계의 균형을 맞춰왔다.

그러나 정단오로 인해 능력자들의 존재가 드러났고, 정단오는 원로회 한국지부를 통째로 쓸어버리며 대통령과 주한미군 사령관을 죽이는 등 현실 개입의 정점을 찍었다.

세계 원로회에서 어떤 식으로든 입장 정리를 할 수밖에 없는 일이었다.

풀기 어려운 난제지만, 정단오는 길게 고민하지 않고 입을 열었다.

"나는 세계 원로회의 속성을 잘 알고 있다."

"속성이라 하심은…?"

"그들은 절대 위험을 감수하지 않으려 할 것이다. 이미 능력자 세계의 존재는 드러났고, 이 거대한 흐름을 거스를 수는 없다. 세계 원로회는 한국 정부와 결탁하고 온갖 악행을 저리는 원로회 한국지부와 선을 그으려 들 것이다. 그래야만 계속해서 능력자들의 대표 기구로 현실 정부와 교섭할 수 있기 때문이다."

"일리 있는 말씀이십니다."

"그들은 분명 나를 시험하려 들 것이다."

"시험이라면……."

"비밀리에 세계 원로회의 핵심 멤버들을 보내 내 의사를 타진하려 들겠지. 어쩌면 일본 능력자들처럼 나를 제압하려 들지도 모른다. 세계 원로회에는 월드 클래스라 불리는 강한 능력자들이 몰려있지 않은가."

"……"

전투를 예고하는 정단오의 말에 중국 무림 제자들이 입을 닫았다.

세계 원로회 본부는 결코 만만한 단체가 아니다.

100년이 넘는 세월 동안 전 세계의 능력자들을 통치하고 컨트롤한 곳이다.

일본에서 건너온 능력자들도 월드 클래스 레벨을 자부했었다.

특히 리자드 맨을 소환한 곽무수는 정단오를 적잖이 애먹였다.

그런 레발의 능력자들이 세계 원로회 본부에는 훨씬 더 많다.

세계 원로회에서 정단오의 의사를 타진하는 동시에 시험 삼아 제압하려 들 가능성도 충분하다.

그러나 정단오는 위축된 기색이 아니었다.

그는 담담하게 책을 읽는 것처럼 말을 이어나갔다.

"세계 원로회의 주장을 일방적으로 받아들일 생각은 없다. 내가 카오스 1호를 발동시킨 분명한 이유를 설명하고, 납득시킬 것이다."

"만약 세계 원로회에서 다른 의견을 보인다면 어찌하실 겁니까."

"그들이 강압적으로 나를 제거하려 든다면, 그 시험에 응해주는 수밖에."

"!"

여섯 명의 중원 무림 문파 제자들이 눈을 크게 떴다.

동시에 눈을 부릅뜬 걸 보면, 정단오의 말에 담긴 뜻을 제대로 이해한 모양이다.

정단오는 세계 원로회와의 무력 다툼도 불사할 작정이었다.

월드 클래스 레벨의 능력자들이 정단오를 제압하러, 혹은 그를 시험하러 한국으로 들어와도 개의치 않겠다는 것이다.

일본 최강의 능력자들을 물리친 것처럼 세계 원로회의 강압적 지시도 분연히 물리치겠다는 말이었다.

한동안 침묵이 감돌았다.

즐겁고 따뜻한 공기로 가득 찼던 식당의 분위기가 얼어붙고 있었다.

하지만 오래 가지는 않았다.

소림사 제자 두 명 중 사형으로 보이는 중년인이 먼저 입을 열었다.

"저희는 사문으로부터 불멸의 지배자께서 뜻하시는 바를 따르라는 명을 받았습니다. 미력하지만 소림의 두 제자, 일이 마무리될 때까지 이곳에서 함께하겠습니다."

이에 질세라 무당파의 제자가 목소리를 높였다.

"무당 역시 은혜를 받고 잊는 문파가 아닙니다. 부족하오나 태극권의 전수자인 빈도와 면장의 전수자인 빈도의 사제 청수가 힘을 보태겠습니다."

청오가 무당파를 대신해 뜻을 밝혔다.

소림과 무당이 힘을 보탠다.

단순히 촉망 받는 무인 두 명을 보낸 것 이상의 상징적인 힘이 담겨 있다.

정단오는 그저 고개를 끄덕일 뿐이었다.

이제 남은 것은 청성파의 제자다.

청상파의 제자 두 명은 용케 보안당국의 눈을 피해 기다란 장검을 들고 입국했다.

둘은 허리춤에 찬 검집을 한 손으로 굳게 잡으며 입을 열었다.

"청성의 의기가 소림과 무당에 뒤지지 않습니다. 선대가 받은 은혜, 후대인 우리가 마땅히 갚아야 할 것. 그 책임을 도외시하지 않을 것입니다."

검집을 잡은 두 명의 눈이 맑게 빛났다.

예로부터 중국 사천성을 밝히는 명주(明珠)라 평가 받던 청성파다.

강호에 겁란이 일어날 때마다 청성파는 최전선에서 중원 무림을 수호했었다.

두 명의 의기와 기세가 결코 가벼워 보이지 않았다.

여섯 명의 무인들.

하지만 이들 한 명 한 명은 중국 무림의 신비와 전통을 고스란히 가지고 있는 능력자들이다.

소림과 무당, 청성에서 아무 제자나 보냈을 리 없다.

문파의 현재와 미래를 책임지는 최고의 직계 제자를 보낸 게 확실했다.

정단오는 이들을 처음 봤을 때부터 만만치 않은 기운을 느꼈다.

이들 여섯의 합류는 큰 힘이 되어줄 것이다.

존재만으로도 세계 원로회에 압박을 줄 수 있다.

원로회 중국지부가 있지만, 실제적으로는 드넓은 중국의 각 지역 능력자 세계를 다스리는 무림 문파가 정단오와 함께한다는 걸 알릴 수 있기 때문이다.

이로서 청와대에 새로운 동맹이 결성됐다.

선비촌과 정단오, 그리고 중국 능력자 세계를 대표하는 소림사, 무당파, 청성파의 제자들이 힘을 합치게 됐다.

어쩌면 이것은 거대한 폭발의 시발점일지도 모른다.

이를 계기로 전 세계에서 정단오의 행보를 응원하는 능력자들이 모일 가능성도 있다.

한국에서도 원로회의 통치에 숨죽이고 있던 소수 능력자들이 일어나지 말라는 법이 없다.

극도의 혼란을 몰고 온 대혼돈, 카오스 1호는 어느새 조금씩 진화하며 앞으로 나아가고 있었다.

물론 그 중심에는 태풍의 눈이라 할 수 있는 정단오가 굳건히 자리를 지키고 있었다.

*　　*　　*

정단오의 예상은 적중했다.

좋은 쪽으로도, 나쁜 쪽으로도 그의 예상대로 일이 진행되고 있었다.

우선 좋은 쪽을 살펴보자면 전 세계 능력자들의 우호와

지지를 말할 수 있다.

중국 무림 문파들이 정예 제자들을 보낸 것은 시작이었다.

각국에서 원로회의 강압적인 통치에 반대하며, 능력자들이 자유롭게 존재를 드러내는 사회에 환호하는 목소리들이 일어났다.

이러한 능력자 세계의 여론을 각국 원로회 지부도 무시하긴 힘들었다.

이미 원로회 일본지부가 독단적으로 능력자들을 보내 정단오에게 된통 당했다.

한국에서 시작된 혼란을 예의주시하던 타 국가의 원로회 지부들은 쉽게 움직일 수 없게 됐다.

자국 내에서 번지기 시작한 다른 능력자들의 목소리를 먼저 수습해야 했기 때문이다.

국내에서도 숨어있던 능력자들이 속속 등장했다.

물론 전력에 보탬이 될 만큼 강한 무력을 지닌 능력자는 드물었다.

선비촌 정도를 제외하면 원로회 한국지부의 통치를 피해 강력한 명맥을 이어온 능력자들이 거의 없다.

대신 전투에 필요한 무력이 아니라 갖가지 다른 재주를 가진 능력자들이 속속 모습을 드러냈다.

원로회 치하에서는 과도한 감시를 받았던 이들이 혼돈의 세상에서 자유롭게 자신들을 드러내기 시작한 것이다.

당연히 부작용도 없지 않았다.

능력자들의 수는 그리 많지 않다.

그럼에도 불구하고 한 명의 능력자가 나타나면, 평범한 사람들이 그를 외계인이나 괴물처럼 보는 경우가 많았다.

그런 태도에 상처를 입은 능력자들이 욱하는 감정으로 잘못을 저지를 확률도 높아진다.

하지만 정단오는 이 모든 게 새로운 가능성의 세상으로 나아가는 과정이라 생각했다.

진통이 없이는, 과도기 없이는 어떤 발전도 할 수 없다.

그는 능력자들이 자신의 존재를 숨기지 않고, 또 일반인들도 능력자에 대해 모르지 않는 세상을 원했다.

비밀이란 적으면 적을수록 좋다.

이제까지 세상의 가장 큰 비밀이던 능력자의 존재를 까발린 정단오의 실험은 전 세계로 퍼져가며 자리를 잡아가는 것 같았다.

그러나 원로회 치하에서 숨죽이고 있던 다양한 능력자들이 존재감을 드러낸 것이 좋은 소식이라면, 그에 못지않게 나쁜 예상도 적중하고 말았다.

세계 원로회가 정단오의 의중을 확인하기 위해 한국으로 온 것이다.

그들은 비밀리에 입국하여 서신을 보냈다.

민간 항공 업체의 활동을 막지 않는 상황에선 비밀스러운 입국을 제한할 방법이 없다.

인천으로 입국한 세계 원로회의 사신(使臣)들은 고전적인 방식인 서신으로 만남 의사를 타진했다.

정단오는 청와대의 집무실에 앉아 영어로 적힌 서신을 읽고 있었다.

- 이터널 마스터.

세계 원로회와의 상의 없이 독단적으로 능력자의 존재를 알린 것, 그리고 룰을 어기고 현실에 개입하여 한국의 대통령과 주한미군 사령관 등을 죽인 것, 원로회 한국지부의 모든 엘더를 몰살시키고 임의로 카오스 1호라는 체제를 발동시켜 한국을 통치하고 있는 것.

이 모든 일에 대해 세계 원로회로서 그대의 의중을 물을 수밖에 없음을 양해하기 바라오.

이틀 뒤, 청와대로 찾아가겠소.

부디 우리의 만남이 갈등을 봉합하는 계기가 되었으면 하오.

세계 원로회의 전권을 위임받은 사신단으로부터. -

묵직한 내용이었다.

만년필로 쓴 듯 영어 필기체가 휘갈겨진 서신은 실제 무게보다 더 묵직한 존재감을 자랑했다.

드디어 세계 원로회가 나선 것이다.

정단오로 인해 엄청난 곤욕을 치르고 고민에 빠진 그들

이 움직이기 시작했다.

어쩌면 마지막 고비인지도 모른다.

세계 원로회와 원활하게 중재에 성공할 수도 있다.

아니면 치열한 전투를 벌여 세계 원로회의 기를 꺾어놓아야 할 수도 있다.

어쨌거나 기존의 능력자 세계를 지배해왔던 그들을 넘어서면 정단오가 불러온 혼돈도 정리가 될 것이다.

다시 원로회가 강압적으로 능력자들을 컨트롤하는 과거로 돌아갈 수는 없다.

정단오는 각각의 능력자들이 최소한의 룰을 지키며 자유롭게 세상과 섞여 사는 모습을 원하고 있었다.

현실 세계의 일반인들도 특별한 거부감 없이 능력자의 존재를 받아들이고, 그렇게 서로가 서로를 도우며 숨기는 것 없이 살아가는 세상.

어두운 대혼돈의 끝에 그런 세상이 오기를 바라고 있었다.

그리하여 다시는 원로회 한국지부와 청와대가 결탁해 죄 없는 독립군 후손들을 죽인 것 같은 일이 벌어지지 않기를 바랐다.

스르륵—.

그는 세계 원로회의 사신단이 보낸 서신을 구겼다.

서신에서 느껴지는 오만한 뉘앙스가 그의 심기를 거슬리게 만들었다.

과연 청와대로 온 사신들은 무슨 말을 할 것인가.

정단오는 그들의 뜻대로 놀아나지 않을 거란 다짐을 분명히 했다.

그렇게 카오스 1호의 미래를 결정지을 아주 중요한 순간이 성큼 앞으로 다가오고 있었다.

* * *

두둥— 두둥—.

어디에도 고수(鼓手)는 없지만, 전장의 북 소리가 울리는 것 같았다.

그만큼 긴장감이 감돌고 있었다.

정단오는 청와대에 상주하는 경호 병력 대다수를 삼청동과 부암동 일대로 내려 보냈다.

세계 원로회의 사신단이 오면 어떤 일이 일어날지 모른다.

일본 능력자들이 들이닥쳤던 때보다 더 큰 싸움이 벌어질 가능성도 있다.

그렇기에 아예 청와대로 올라오는 길목을 통제하고, 겸사겸사 경호원들도 피신시킨 셈이었다.

"왔군."

정단오는 무시할 수 없는 기운이 청와대 안으로 진입했음을 느꼈다.

선비촌 촌장을 비롯해 청와대에 남아있는 청년들이 바깥에서 세계 원로회 사신단의 동태를 파악하고 있다.

정단오가 기거하는 집무실 건물에는 중국 무림에서 온 능력자 여섯 명이 함께하고 있었다.

그리고 또 한 명, 이지아도 정단오 바로 옆에 서있었다.

그녀는 주시자의 눈을 다루는 능력이 예전과 비교할 수 없을 정도로 발전했다.

천고의 아티팩트인 주시자의 눈을 통해 웬만한 능력자의 마음도 읽어낼 수 있게 됐다.

정단오는 이지아를 통해 세계 원로회 사신단의 마음을 읽어내고, 미국에 근거지를 둔 세계 원로회 수뇌부의 의중을 파악할 작정이었다.

끼이이익-.

문이 열렸다.

고풍스러운 분위기를 내기 위해 원목으로 만들어진 커다란 문이 좌우로 활짝 펼쳐졌다.

열린 문을 가로질러 세 명이 집무실 건물 안으로 들어왔다.

정단오는 의자에 앉아 몸을 일으키지 않았다.

그저 고개를 들어 성큼성큼 걸어오는 세 명의 인상착의를 확인했다.

금발을 짧게 자른 전형적인 백인 미남 두 명이 갈색 머리를 허리까지 기른 여인을 보필하고 있었다.

세 명의 태도로 보아 중앙에 선 여인이 세계 원로회 사신단을 이끄는 주요 사신인 것 같았다.

생각보다 젊은 나이로 구성된 사신단이지만, 풍기는 분위기는 가볍지 않았다.

눈빛만 봐도 대략의 능력을 측정할 수 있다.

중앙의 여자를 보필하는 젊은 남자 두 명은 최소 엘더 레벨의 능력자다.

갈색 머리를 늘어트린 푸른 눈동자의 미녀는 20대와 30대의 경계에 서있는 것 같았다.

어린 나이라는 뜻이다.

그럼에도 불구하고 월드 클래스 레벨로 보였다.

양옆에 선 두 명의 남자보다 한 단계 더 높은 능력자라는 뜻이다.

얼마 전 청와대 앞마당에서 정단오에게 쓰러졌던 열도 최강 삼인방에 필적하는 존재감이다.

셋 다 젊은 나이에도 불구하고 최소 엘더 이상의 기운을 뿜어내고 있는 게, 과연 세계 원로회의 사신단다웠다.

중원 무림 문파의 여섯 제자도 만만치 않은 상대가 왔음을 직감하고 긴장했다.

이지아도 낯선 벽안(碧眼)의 손님들에게 약간 위축된 것 같았다.

그 순간, 앉아있던 정단오가 입을 열었다.

"잘 왔다, 세계 원로회의 사신단이여."

그의 목소리가 울리자마자 장내의 공기 흐름이 바뀌었다.

정단오의 낮은 음성에 실려 있는 은은한 기파가 분위기를 휘어잡았다.

또박또박 영어로 말하는 정단오의 모습이 하나도 어색해 보이지 않았다.

그는 며칠 전 유창한 중국어로 사람들을 놀라게 만든 바 있다.

그가 영어를 못 할 거라고 생각하는 게 더 어색하다.

정단오의 환영 인사를 들은 갈색 머리의 여인이 살짝 고개를 숙였다.

"세계 원로회의 의지를 받들어 온 메신저, 가브리엘라라고 합니다."

"가브리엘라. 좋은 이름이군."

"감사합니다. 이터널 마스터."

"본론으로 바로 들어가도록 하지. 미국에서 여기까지 직접 온 이유가 있을 터. 세계 원로회의 의중을 알려 달라."

정단오는 시간을 끌지 않았다.

가브리엘라와 두 명의 백인 남자는 이채 어린 눈빛으로 정단오를 쳐다봤다.

세계 원로회의 사신이 왔는데도 긴장하는 기색이 조금도 없었다.

오히려 긴장은 사신단이 하고 있었다.

그들의 눈빛에서 호기심이 느껴졌다.

단신으로 원로회 한국지부의 모든 엘더를 몰살시킨 불가해한 인물.

과거의 전설에서 살아있는 전설로 돌아온 정단오는 모든 능력자의 궁금증을 유발하는 존재였다.

단도직입적으로 세계 원로회의 의중을 묻는 말에 잠시 당황했던 가브리엘라가 입술을 달싹였다.

"세계 원로회에서는 한국의 혼란스러운 상황에 대해 매우 염려하고 있습니다."

"어떤 염려를 말하는 건가."

"서신에 적힌 것처럼 이터널 마스터께서 룰을 어기고 현실에 개입해 대통령과 주한미군 사령관의……."

"그 룰은 이미 깨지지 않았나. 내가 능력자들의 존재를 알리는 순간, 유명무실한 룰이 되었다고 아는데."

정단오는 가브리엘라의 말을 중간에서 끊었다.

하지만 그녀는 아랑곳하지 않고 다른 말을 계속했다.

과연 세계 원로회의 신뢰를 받는 사신에 어울리는 태도였다.

"그 또한 염려를 사는 바입니다. 이미 걷잡을 수 없게 됐지만, 어떠한 상의도 없이 능력자의 존재를 밝혀 세계를 혼란에 빠트린 점. 설명이 필요하다고 봅니다."

"설명? 내가 묻고 싶군. 원로회 한국지부와 정부 사이의 *끈끈한* 유착 관계와 부정부패. 그들이 무고한 시민들을 죽인 것에 대해서는 어떻게 생각하나? 세계 원로회의 입장이 궁금하다."

정단오는 한 치도 물러서지 않고 팽팽하게 맞섰다.

둘의 질문이 오갈수록 장내의 긴장감이 차올라 터져나갈 것 같았다.

가브리엘라는 묘한 눈빛으로 정단오를 쳐다봤다.

정단오는 그녀의 시선을 피하지 않았다.

세계 원로회와 정단오의 입장이 좁혀지긴 쉽지 않을 것 같았다.

어느 한쪽이 돌아올 수 없는 강을 건너게 될까.

짧지만 무거운 침묵이 청와대를 짓누르고 있었다.

9장
탐색 혹은 시험

"후회하게 될 겁니다, 이터널 마스터."

"후회라. 감히 누가 내 앞에서 그 단어를 쓸 수 있단 말인가. 내 지난 세월이 모두 후회로 응어리져있다. 더 이상 같은 후회를 반복하지 않기 위해 여기까지 왔다. 세계 원로회의 사신, 가브리엘라. 너는 내 후회의 깊이를 예상이나 할 수 있는가?"

"……."

정단오의 물음에 가브리엘라는 대답하지 않고 침묵을 삼켰다.

그녀는 사신으로 파견되기 전에 세계 원로회에서 특수 교육을 받았을 것이다.

정단오에 대해 남아있는 기록을 모조리 확인했을 것이

고, 그의 능력, 전투력, 삶의 궤적 등을 가능한 한 많이 연구했을 게 분명하다.

조선에서 임진왜란이 일어났을 때, 불멸의 권능을 각성한 정단오의 나이는 400년을 훌쩍 넘겼다.

그간의 행적이 기록으로 다 남아있지는 않다.

그래도 역사의 굵직한 사건마다 정단오의 흔적을 찾는 건 어렵지 않은 일이었다.

그의 인생을 연구하고 사신으로 온 가브리엘라는 '후회'라는 단어의 뜻을 되묻는 말에 차마 입을 열 수 없었다.

능력자건 일반인이건 100년 내외의 인생을 살아간다.

하지만 400년을 넘게 살아온 장본인이 과연 어떤 마음으로 그 긴 세월을 버텼는지는, 당사자가 아니면 절대 헤아릴 수 없을 것이다.

"세계 원로회의 뜻은 그것이 다인가."

정단오는 말없이 복잡한 감상에 빠진 가브리엘라를 재촉했다.

기껏 미국에서 날아와 서신을 보낸 후 만나서 할 말이 그것밖에 없느냐는 질책이다.

쉽게 입을 열지 못하는 가브리엘라의 귓가로 정단오의 음성이 내리꽂혔다.

"원로회 한국지부에서 무슨 일이 있었고, 어찌하여 내가 이런 사단을 냈는지 진정으로 알아볼 생각은 없는 모양이군. 그저 어떻게 하면 세계 원로회가 누리던 기존의 권력

을 잃지 않을까 전전긍긍하는 모습이라니, 참으로 실망스
럽다."

"그런 것이 아닙니다! 세계 원로회는 일방적으로 시작된
대혼란의 시기를 수습하기 위해 최선을 다하고 있습니다."

"세계 원로회의 존재 의의를 부정하지 않는다. 통치 기
구가 있어야 능력자들도 함부로 힘을 드러내지 않고 일반
인들과 섞여 살아갈 수 있겠지. 하나 예전처럼 강압적인
통치로는 더 큰 부작용만 만들어낼 뿐이다. 원로회 한국지
부가 그것을 증명하지 않았나?"

"그래도!"

가브리엘라가 뭔가 말을 하려다 말았다.

정단오의 눈빛이 무거운 저울추처럼 그녀를 억누르고 옥
죄었다.

그는 일부러 기운을 과시하지 않았다.

하나 자리에 앉아서 무표정한 얼굴로 그녀를 쳐다보는
것만으로도 엄청난 존재감을 발휘하고 있었다.

눈빛으로 그녀의 말을 끊은 정단오가 입을 열었다.

"세계 원로회가 원하는 바를 정확히 말하라. 단순히 염
려를 표하기 위해 한국까지 오지는 않았을 터."

"세계 원로회는…… 이터널 마스터와 함께 책임 있는
사태 수습을 원하고 있습니다. 그 일환으로 이너털 마스터
께서 세계 원로회 본부가 있는 뉴욕으로 오셔서 사건의 전
말을 소명해주길 원합니다."

말도 안 되는 소리였다.

정단오가 한국을 비우고 뉴욕으로 가면 카오스 1호 체제는 당장 붕괴될지 모른다.

선비촌의 능력자들이 있지만, 정단오라는 강력한 카리스마를 중심으로 똘똘 뭉쳐있는 형국이다.

지금은 순순히 명령을 따르고 있는 각 군단 지휘관들도 정단오의 부재를 알게 되면 언제든 변심할 수 있다.

더군다나 세계 원로회 본부는 적지(敵地)다.

그들이 공식적으로 정단오를 향해 선전포고를 하지는 않았다.

하지만 기존 질서를 일순간에 무너트린 정단오를 곱게 생각할 리 없었다.

뉴욕에 있는 세계 원로회 본부에는 월드 클래스 레벨의 능력자들이 잔뜩 모여있다.

열도 최강 삼인방과 비슷한 수준의 능력자들이 최소 수십 명은 도사리고 있는 것이다.

물론 정단오는 그들이 두렵지 않았다.

그러나 이처럼 민감한 시기에 한국을 비우고 뉴욕으로 와서 소명을 하라는 세계 원로회의 권위적인 태도가 마음에 안 드는 것이다.

고오오오오!

정단오의 몸에서 검은 기운이 스멀스멀 흘러나왔다.

멸절의 천마 시절을 떠올리게 만드는 암흑의 기운이다.

섬광과 암흑을 자유자재로 오가는 정단오가 굳이 암흑을 선택한 이유는 그만큼 심기가 불편하다는 뜻이다.

그의 등 뒤에 뭉친 검은 그림자가 뚜렷한 형상을 만들고 있었다.

"뉴욕으로 직접 와서 소명을 하라?"

"세계 원로회의 입장은 그러합니다."

"지금 세계 원로회 의장이 누구인가?"

"론 반 스트라텀 님이십니다."

"론 반 스트라텀. 네덜란드계 미국인. 월드 클래스를 초월한 레벨의 능력자. 맞나?"

"맞습니다."

정단오는 세계 원로회 의장이 누구인지 정보를 알고 있었다.

론 반 스트라텀.

실제로 만난 적은 없지만 20년 전부터 세계 원로회 의장을 역임하며 강력한 통치력을 발휘하는 인물이다.

그의 강함과 통치력, 정치력에 대한 소문은 귀가 따갑도록 들어왔다.

세계 원로회 창립 이후 가장 강력한 의장이라는 말도 있었다.

그의 이름이 언급되자 긴장감이 더해졌다.

가브리엘라는 물론이고, 그녀를 수행하는 두 명의 남성도 본능적으로 기운을 끌어올렸다.

소림사와 무당파, 청성파의 제자들도 론 반 스트라텀이라는 말을 알아들었다.

영어에 능숙하지 않아도 그 이름을 모를 수는 없다.

전 세계 사람들이 미국 대통령의 이름을 모를 수 없는 것처럼 능력자라면 세계 원로회 의장의 이름을 모를 수 없는 것이다.

후욱!

정단오의 두 눈에서 날카로운 안광이 뿜어져 나왔다.

그의 몸에서 솟아난 검은 기운과 매서운 눈빛이 더해져 일순 공간을 휘어잡았다.

"가브리엘라. 나의 말을 그대로 론 반 스트라텀에 전하도록."

"듣겠습니다."

"나를 보려거든 청와대로 와라. 피하지 않겠다. 밝혀야 할 모든 문제는 낱낱이 공개되었다. 원로회 한국지부의 악행에 세계 원로회가 사과를 표명하고, 능력자와 일반인이 자유롭게 섞여 사는 새로운 세상을 위해 노력하겠다는 점을 밝혀라. 그렇게 책임 있는 모습을 보여야 나의 협조를 얻을 수 있을 것이다."

움찔!

사달이 났다.

정단오가 론 반 스트라텀을 거론하며 정면 돌파의 의지를 드러냈다.

세계 원로회 의장을 군주처럼 모시는 가브리엘라와 수행원들 입장에서는 간과하기 힘든 말이었다.

파아악!

화아아아악-.

가브리엘라의 좌우에 선 백인 남자 두 명이 기운을 폭발시켰다.

젊음은 무모한 것이다.

그들은 정단오가 압도적인 강자라는 사실을 잘 알고 있다.

그러나 론 반 스트라텀을 언급하여 오히려 세계 원로회의 행동을 요구하는 말에 감정이 먼저 반응하고 말았다.

"그만!"

가브리엘라가 만류했지만 수행원 두 명은 이미 기운을 일으켰다.

이들 역시 엘더 레벨의 강력한 능력자다.

혼자서 웬만한 규모의 군단 하나를 박살낼 수 있는 초월적인 능력자인 것이다.

사실 두 명의 수행원들이 전투를 할 의도는 없었다.

그들은 사신의 입장으로 왔을 뿐, 정단오와의 전투는 매뉴얼에 없었다.

하지만 감히 전투 의지를 보이며 기운을 폭발시켰다는 점만으로도 정단오에게 명분을 준 셈이다.

타닷!

정단오가 자리를 박차고 일어섰다.

의자를 밀어내며 반동한 그의 움직임을 누구도 쫓아가지 못했다.

무림에는 궁신탄영(弓身彈影)이라는 말이 있다.

시위를 떠난 화살처럼 몸이 빠르게 움직일 때 쓰는 말이다.

정단오는 궁신탄영이 어떤 경지인지 몸소 보여주고 있었다.

순식간에 가브리엘라와 수행원들 코앞에 다다른 그가 양팔을 좌우로 활짝 펼쳤다.

꽈악-.

꾸우우욱!

좌우로 쫙 펼쳐진 그의 손끝이 수행원 두 명의 얼굴을 감싸 쥐었다.

"읍!"

"우우읍-!"

엘더 레벨의 능력자들이 반격하거나 피할 틈도 없었다.

몸을 십자가 모양으로 만들며 양손으로 수행원 둘의 얼굴을 감싸 쥔 정단오는 암흑의 기운으로 두 명의 능력을 억눌렀다.

만약 그가 두 손에 들어간 힘을 더 강력하게 끌어올리면, 수행원 둘은 목숨을 잃게 될 것이다.

가브리엘라의 푸른 눈동자가 경악으로 물들었다.

정단오의 얼굴이 그녀의 눈앞에 있었다.

그녀는 내심 월드 클래스 능력자임을 자부하고 있었다.

엘더들을 넘어선 지 오래이기에, 이터널 마스터 정단오 앞에서도 위축되지 않으리라 자신했다.

하지만 정단오가 달려들어 수행원 두 명을 제압할 때 아무것도 할 수 없었다.

예기치 못한 기습이었다고 해도 현격한 스피드와 파워의 차이를 실감했다.

"가브리엘라. 이 두 녀석을 살려주는 게 내가 세계 원로회에 베푸는 마지막 호의다. 알겠나?"

"진정… 더 큰 싸움을 원하시는 겁니까?"

"전쟁을 원하지 않는다. 내가 말한 대로 세계 원로회가 책임 있는 모습을 보이면 될 것이다. 한국에서 일어난 불미스러운 상황의 책임을 인정하고, 혼돈 뒤에 열릴 새로운 세상을 겸허히 준비하라. 론 반 스트라텀에게, 그리고 세계 원로회의 원로들에게 나의 의지를 가벼이 전하지 마라."

"알겠습니다."

가브리엘라는 고개를 끄덕일 수밖에 없었다.

정단오는 그제야 양손을 풀어줬다.

"후우ー!"

"허억, 허억!"

죽기 직전까지 몰렸던 수행원 두 명이 거친 숨을 몰아쉬었다.

엘더 레벨의 능력자로 살아오면서 죽음의 공포를 느낄 일이 없었던 이들이다.

하지만 정단오는 눈 깜짝할 사이에 죽음이 무엇인지 알려줬다.

거친 호흡을 토해내기 바쁜 수행원 두 명, 그리고 충격에 빠진 가브리엘라를 뒤로하고 정단오가 몸을 돌렸다.

그는 뚜벅뚜벅 걸어서 원래 앉아있던 의자까지 갔다.

다시 의자에 걸터앉은 그에게서 제왕의 기운이 넘실거리고 있었다.

가브리엘라는 세계 원로회 의장인 론 반 스트라텀에게서도 느끼지 못한 기운을 여기서 느꼈다.

"저희 사신단은 이만… 물러가겠습니다."

"세계 원로회의 대답을 기다리고 있겠다."

정단오는 고개를 끄덕이며 가브리엘라와 수행원 두 명을 내보냈다.

뉴욕에서 서울까지 날아온 사신단은 정단오의 압도적인 강함을 맛보고 돌아가게 됐다.

그들이 뉴욕의 세계 원로회 본부에서 무슨 말을 전할지, 그리고 론 반 스트라텀을 위시한 세계 원로회의 원로들이 어떤 결정을 내릴지, 아직은 알 수 없었다.

분명한 건 정단오가 물러섬 없는 태도로 세계 원로회의 책임을 추궁했다는 사실이다.

오늘의 만남이 어떤 파국을 몰고 올지 모른다.

세계 원로회가 순순히 정단오의 말을 따를 거라고 예상하는 사람은 아무도 없었다.

대놓고 정단오와 전쟁을 선포하진 않을 것이다.

그럴 명분이 없기 때문이다.

원로회 한국지부와 청와대의 권력층은 분명한 범죄를 저질렀다. 정단오가 그것을 바로잡기 위해 현실에 개입한 후 능력자의 존재를 알린 건 혼란을 낳았지만, 여론의 지지를 얻고 있다.

과연 어떤 후폭풍이 몰아닥칠까.

가브리엘라와 사신단이 떠나간 청와대 건물 앞에 무거운 침묵이 오래도록 이어지고 있었다.

*　　*　　*

정단오는 세계 원로회에서 한국을 그냥 놔둘 거라고 생각하지 않았다.

그는 누구보다 원로회의 속성을 잘 알고 있다.

애초에 그는 원로회라는 능력자들의 단체가 처음 결성될 때를 기억하는 유일한 사람이다.

그는 가장 신뢰하는 두 사람과 함께 이야기를 나누고 있었다.

왼쪽에는 이지아가 앉았고, 오른쪽에는 김상현이 앉아

있었다.

"이지아. 가브리엘라의 마음을 읽는 데 성공했나?"

"워낙 차단막이 강해서 쉽지는 않았지만, 어떤 의도나 단어들은 분명 캐치해냈어요."

이지아가 눈을 크게 뜨며 고개를 끄덕였다.

확실히 그녀는 무섭도록 성장했다.

전투력을 발휘하는 능력자는 아니지만, 주시자의 눈이라는 아티팩트를 다루는 데 그녀만 한 사람은 또 없을 것이다.

정단오와 가브리엘라가 만나던 순간, 이지아는 혼신의 힘을 다해 능력을 발휘하고 있었다.

가브리엘라가 눈치채지 못하게 주시자의 눈을 은밀히 발동시켜 마음을 읽어낸 것이다.

예전에 그녀는 일반인의 마음은 읽어도 능력자의 마음은 읽지 못했었다.

능력자들의 정신력이 훨씬 강하기에 그 방어막을 뚫고 들어갈 수 없었던 탓이다.

하지만 지금은 월드 클래스 레벨의 능력자인 가브리엘라의 마음을 몰래 엿보는 경지에 도달했다.

사람의 마음을 꿰뚫어보는 능력으로는 이지아가 세계 최고일 것이다.

정단오는 이지아를 빤히 쳐다보며 질문을 던졌다.

"어떤 단어들을 읽어냈지?"

"타협. 협상. 측정. 암살. 시험. 탐색. 이 정도 단어들이 가브리엘라의 의식 속에 구체화되어 떠돌고 있었어요."

"훌륭하다."

정단오는 건조한 말투로 이지아를 칭찬했다.

하지만 칭찬을 들은 그녀의 얼굴에 꽃이 활짝 피었다.

선생님에게 칭찬을 들은 어린아이처럼 해맑게 웃는 모습을 보니 정단오의 눈빛도 흔들렸다.

하나 그는 이내 냉정함을 되찾고 김상현을 쳐다봤다.

"이지아가 읽어낸 가브리엘라의 마음속 단어들에서 뭐가 느껴지는가?"

"애초에 마스터께서 예상하셨던 시나리오대로 일이 진행될 것 같습니다. 사신단이 타협과 협상에는 실패했고, 가브리엘라는 세계 원로회를 대신해 마스터의 능력을 측정한 셈이지요. 암살 가능성도 타진해봤겠지만 불가능하다는 결론을 내렸을 겁니다. 그 뒤에 시험과 탐색이라는 단어는……."

"대놓고 전쟁을 벌이지 않는 대신 은밀하게 나를 시험해보겠다는 방침을 세운 것일 테지."

"저도 그렇게 생각합니다. 은밀하게 세계 원로회의 주요 능력자들을 입국시켜, 마스터를 쓰러트리려 할 것입니다. 만약 그들이 마스터를 제압하는 데 성공하면 다시 세계 원로회의 강압적 통치가 시작되겠지요. 능력자들의 존재는 알려졌어도 세상이 크게 달라지진 않을 것입니다. 그러나 마스터께서 세계 원로회의 시험을 이겨낸다면 그들이 자세를 낮추지 않겠습니까. 무엇보다 권력을 잃는 걸 두려워하는 집단이니, 마스터의 강함이 증명되면 책임 있는 행동을 취하며 새로운 세상을 받아들이려 할 것입니다."

"나도 그렇게 생각한다. 세계 원로회가 기회주의적이지만, 적어도 멍청한 곳은 아니니까 말이다."

"네."

결국 한 번 더 싸움을 할 수밖에 없다.

일본 능력자들의 침공과는 다른 레벨의 전투가 벌어질 것이다.

세계 원로회는 월드 클래스 레벨의 열도 최강 삼인방이 쓰러진 사실을 알고 있다.

그만큼 만반의 준비를 갖춰서 능력자들을 보낼 것이다.

떠들썩하지 않게, 마치 탐색전을 벌이는 것처럼 정단오를 시험할 게 분명했다.

물론 탐색전 같다고 해서 진짜 탐색전이 되는 것은 아니다.

그 시험과 탐색에는 세계 원로회의 전력이 담겨 있을 것이다.

이제 예고된 시험을 준비할 차례였다.

세계 원로회가 정단오를 시험하는 것이고, 동시에 정단오가 세계 원로회의 전력을 시험하는 것이기도 하다.

정단오는 김상현에게 지시를 내렸다.

"세계 원로회의 특성 상 아주 정중하게 의사를 타진해올 것이다. 나와 무림 문파의 여섯 제자들이 함께 나가 싸우겠다. 김상현, 너는 비상사태가 발생해도 선비촌의 촌장과 청년들을 이끌며 카오스 1호 체제가 흔들림 없이 유지되도록 힘써라. 이 혼돈 너머 새벽의 여명이 밝아올 때까지, 우리는 한시도 쉴 수 없다."

"명을 받들겠습니다, 마스터."

김상현이 진중한 얼굴로 고개를 끄덕였다.

대화 내용을 들은 이지아의 얼굴에는 걱정과 염려가 떠올라 있었다.

정단오가 또다시 엄청난 존재들과 싸움을 준비한다는 사실에 마음을 졸이는 것이다.

정단오는 그녀의 표정을 읽었다.

마음을 읽는 능력은 없어도 사람과 부대끼며 살아온 세월이 400년 이상이다.

눈빛만 봐도 무슨 생각을 하는지 알아내는 게 어렵지 않았다.

그가 손을 뻗어 이지아의 머리를 쓰다듬었다.

깊은 애정이 듬뿍 담긴 스킨십이고, 불안한 이지아를 진정시키는 가장 좋은 방법이었다.

"내 걱정을 하는 건가?"

"당연하죠. 한국지부 엘더들과 싸우면서 부상을 입었다고 들었어요. 일본 능력자들도 만만치 않았다고 하던 데…… 세계 원로회에서 그보다 약한 능력자들을 보낼 리 없잖아요?"

"괜찮다. 누구도 나를 쓰러트릴 수 없다."

"정말 괜찮겠어요? 차라리 세계 원로회와 적정선에서 타협을 하는 게……."

"나도 세계 원로회를 무너트릴 생각이 없다. 혼돈이 끝날 때, 그들의 존재는 새로운 세상을 정착시키는 데 도움이 될 것이다. 하나 여기서 물러설 수 없다. 카오스 1호를 발동시킨 이유를 분명히 지켜내면서 세계 원로회의 뜻을 한 번 꺾어놓을 필요가 있다. 이것은 전쟁이 아니다. 네가 가브리엘라의 마음을 읽어낸 것처럼, 서로가 서로를 시험하는 것이다. 물론 어느 전쟁보다 치열한 싸움이 되겠지만 말이다."

"다치지 말아요. 그리고 이왕 싸울 거면 완벽하게 이겨버려요. 알겠죠?"

"반드시 그리하겠다. 걱정하지 마라, 이지아."

다시금 그녀의 머리칼을 쓰다듬은 정단오가 은은한 미소를 지었다.

분명히 알아볼 수 있는 미소였다.

자신을 진심으로 걱정하느라 눈에 눈물이 맺힌 이지아를 보며 분명 미소를 지은 것이다.

좀처럼 보기 힘든 그의 미소가 이지아를 웃게 만들었다.

그녀는 씩씩하게 고개를 끄덕였다.

정단오의 승리를 믿는다는 듯 그의 새하얀 손을 꼬옥 잡았다.

손을 잡고 서로의 체온을 느끼는 두 사람 사이에서 깊은 애정과 신뢰가 오갔다.

김상현은 방해가 되지 않도록 조심스레 일어나 자리를 벗어났다.

낄 때와 빠질 때를 알고 눈치껏 빠져주는 것이다.

늘 붙어 있다가 한동안 이지아가 중국에 머물며 떨어져 있었던 게 애틋한 감정을 증폭시키는 데 큰 역할을 한 것 같았다.

둘은 가만히 손을 잡고 서로를 바라보며 말로는 표현할 수 없는 감정을 나누었다.

어쩌면 마지막 전투일지도 모를 세계 원로회의 시험이 예고된 순간에도 정단오와 이지아의 신뢰는 더욱 깊어지고 있었다.

* * *

그날은 생각보다 빨리 찾아왔다.

가브리엘라와 사신단이 돌아가고 난 후, 예상보다 일찍 세계 원로회가 반응했다.

그들은 마치 기다렸다는 듯 정단오에게 메시지를 보냈다.

가브리엘라가 청와대를 방문하고 1주일 만에 또다시 서신이 온 것이다.

그녀가 뉴욕으로 돌아가 정단오의 뜻을 전하자마자 곧바로 세계 원로회가 행동에 나섰다는 뜻이다.

미리 대비를 해놓지 않았다면 불가능한 대응 속도였다.

한동안 굼뜨게 의견을 모았던 세계 원로회는 정단오를 시험하는 쪽으로 결론을 내린 것 같았다.

정단오에게 전해진 2차 서신의 내용은 간단했다.

1. 세계 원로회는 혼란을 막기 위해 비밀리에 검증단을 구성했다.

2. 검증단이 한국을 방문했고, 정단오를 만나기를 원한다.

3. 세계 원로회는 아직까지 한국의 상황에 대해 중립적인 입장을 유지하고 있다.

4. 검증단의 보고 결과에 따라 세계 원로회의 의장이 대승적인 결단을 내릴 것이다.

여기까지가 주요 내용이었다.

눈 가리고 아웅을 하는 것이다.

검증단이라는 건 결국 세계 원로회가 추리고 추린 최정예 능력자들을 말한다.

그들은 비밀리에 정단오와의 전투를 원하고 있다.

가브리엘라와 사신단을 통해 말로는 합의점을 찾을 수 없다는 걸 확인했다.

그러니 이번엔 검증단을 통해 무력으로 합의점을 만들려는 것이다.

만약 검증단이 정단오를 제압하거나 쓰러트리면 세계 원로회는 다시금 억압적 통치로 한국을 비롯한 전 세계 능력자들을 컨트롤하려 들 것이다.

하나 정단오가 검증단을 쓰러트리면, 세계 원로회의 의장은 조심스러운 태도로 새로운 질서를 받아들일 수밖에 없을 터였다.

결국 검증단과의 전투에 앞으로의 세계가 달려있는 셈이다.

"때가 됐다."

정단오의 말에 여섯 명의 중국 무림 문파 제자들이 자리에서 일어났다.

그들은 짧은 한국 생활 동안 간단한 단어는 대부분 습득했다.

워낙 능력이 뛰어난 기재들이라 언어를 익히는 속도도 빨랐다.

기초적인 한국말을 알아듣는 건 큰 문제가 없게 됐다.

다만 말을 할 때는 여전히 중국어를 사용했다.

"천년소림의 기개를 걸고 함께 싸우겠습니다."

"무당의 전통이 서울에서 빛을 발할 겁니다."

"청성은 동료를 두고 돌아서는 법을 가르치지 않습니다!"

의분과 용기로 가득 찬 외침이었다.

여섯 명의 무인을 바라본 정단오는 고개를 끄덕였다.

그들은 실질적으로 가동할 수 있는 최강의 전력이다.

엘더 레벨의 능력자 여섯 명이 힘을 보태는 건 큰 도움이 될 터였다.

특히 원로회 한국지부가 뿌리째 뽑히면서 선비촌 사람들을 제외하면 쓸 만한 전투 능력자가 남아있지 않은 한국 상황에선 더더욱 고마운 존재들이다.

선비촌 청년들은 수도권과 경기도의 주요 군단을 장악하느라 인원을 뺄 수 없다.

정단오는 세계 원로회 검증단과의 싸움에서 여섯 명의 무인들이 큰 힘이 될 거라 생각했다.

"김상현."

"네, 마스터!"

"나와 무림의 여섯 제자들이 약속된 장소로 나갈 것이다. 그동안 선비촌 촌장과 협력하여 카오스 1호 체제가 변함없이 유지되도록 만전을 기하라."

"걱정하지 마십시오. 굳건히 자리를 지키고 있겠습니다."

믿음직스러운 대답을 들은 정단오가 고개를 돌렸다.

그의 시선이 이지아에게 향했다.

그녀는 더 이상 걱정스러운 표정을 짓지 않았다.

정단오의 마음을 편하게 해주려는 듯 억지로 밝은 미소

를 짓고 있었다.

그 미소에 담긴 마음을 알기에 정단오는 이지아와 눈을 맞추고 천천히 고개를 끄덕였다.

"금방 다녀오겠다."

"기다리고 있을게요."

긴 말을 더 할 필요가 없었다.

정단오는 고개를 돌려 앞을 바라봤다.

저벅저벅.

그가 당찬 걸음걸이로 걸어 나가 청와대 집무실 문을 열었다.

여섯 명의 무림 문파 제자들이 정단오의 뒤를 따랐다.

세계 원로회 검증단은 청와대를 감싸고 있는 백악산에서 기다리겠다고 알려왔다.

청와대 인근이 완벽히 통제되고 있는 지금, 백안산은 비밀리에 전투를 벌이기 위한 최적의 장소였다.

정단오는 고개를 들어 하늘을 올려다봤다.

태양이 서편으로 저물며 어둠이 하늘을 물들이고 있었다.

혼돈 가운데서 최후의 싸움을 벌이기에 더 할 나위 없이 어울리는 시간이다.

청와대를 가로질러 백악산 자락으로 올라가는 그의 어깨에 참으로 많은 이들의 운명이 걸려 있었다.

＊　＊　＊

"느껴지는군."

정단오가 혼잣말을 읊조렸다.

백악산 중턱으로 진입하자마자 무시할 수 없는 기운이 감지됐다.

정단오는 잠시 걸음을 멈춰서 기운을 파악하는 데 힘썼다.

하나, 둘, 셋……

숫자를 세던 그가 눈살을 찌푸렸다.

예상하던 것보다 훨씬 많은 숫자의 능력자들이 백악산에서 진을 치고 있었다.

세계 원로회는 어설프게 정단오를 시험하려는 것 같지 않았다.

핵심 전력 대다수를 한국에 보내는 위험을 감수한 것이다.

정단오에게도, 또 세계 원로회에도 위기였다.

월드 클래스 레벨의 주요 능력자들이 다수 몰려 왔으니 쉽지 않은 싸움이 될 것이다.

반면 정단오가 그들을 모두 쓰러트리면, 세계 원로회 본부는 엄청난 전력 손실을 입게 된다.

그야말로 정단오가 주도하는 대로 협상에 이끌려갈 수밖에 없는 처지가 될 터였다.

세계 원로회 의장 론 반 스트라텀은 그런 최악의 경우를 가정하고 핵심 전력을 보냈다.

비록 비밀리에 벌어지는 전투지만, 세계 원로회와 정단오 사이의 상하관계를 결정지을 중요한 싸움이다.

세계 원로회는 정단오를 쓰러트려 한국을 장악한 후, 계속해서 독보적인 권력을 누리고 싶어 한다.

하지만 정단오는 이제 와서 쓰러질 마음이 조금도 없었다.

세계 원로회가 제아무리 대단한 능력자들을 보냈어도 모조리 이겨낼 작정이다.

그는 압도적인 우위에서 세계 원로회의 책임을 묻고, 공평하고 자유로운 능력자 사회의 질서를 만들어갈 것이다.

향후 능력자 세계의 미래를 결정지을 단 한 번의 전투가 백악산에서 펼쳐질 것 같았다.

역사에는 기록되지 않을, 그러나 역사를 결정지을 싸움이다.

저벅저벅.

조금 더 올라가자 넓은 평지가 나왔다.

원래는 주민들의 건강 증진을 위한 체육 시설로 만들어진 공원이다.

하지만 청와대 인근이 봉쇄 구역이 되고, 백악산 자락에 거주하던 주민들은 임시 거처로 이동했다.

일본 능력자들의 침공과 같은 위험한 일에 인근 주민들

이 휘말릴 수 있기에 내려졌던 조치다.

텅 빈 공원 구석에 한 무리의 사람들이 모여 있었다.

어둑해진 하늘 아래 무리를 이룬 사람들의 숫자는 어림잡아 20명가량이다.

일본 원로회가 13인의 정예를 보냈던 것보다 더 많은 숫자다.

세계 원로회에서 단단히 작심을 하고 핵심 전력을 보낸 것이다.

정단오는 느껴지는 기운을 세밀하게 감지했다.

20명 모두 월드 클래스라 불러도 손색이 없는 수준의 능력자다.

엘더 레벨만 되어도 한 국가의 정점에 오를 수 있다.

월드 클래스라 불리는 능력자는 전 세계에서 채 100명도 되지 않을 것이다.

물론 중국의 무림 문파처럼 원로회에 집계되지 않는 능력자들 중에도 어마어마한 강자들이 섞여 있다.

그런 것을 감안해도 월드 클래스 레벨의 능력자는 이 지구라는 행성에서 150명 내외일 터였다.

세계 원로회가 그중 20명을 보냈다는 건 전력의 절반 이상을 한국에 투입했다는 뜻이다.

만약 여기서 20명이 모두 쓰러지면, 세계 원로회는 이빨 빠진 호랑이가 된다.

의장이자 최강의 능력자로 칭송 받는 론 반 스트라텀이

남아있어도, 핵심 전력 없이 혼자 전 세계의 능력자들을 좌우할 수는 없다.

론 반 스트라텀도 월드 클래스 레벨 능력자 20명을 당해내진 못할 것이다.

잘해야 두 명, 혹은 세 명 정도를 한 번에 상대하는 게 고작일 터였다.

정단오는 이미 세 명의 월드 클래스 능력자들을 쓰러트렸다.

열도 최강 삼인방을 무참히 죽이고 청와대 앞마당에 묻은 게 얼마 전의 일이다.

원로회 한국지부의 엘더 서른 명 중에도 최후까지 살아남은 한 명은 월드 클래스 레벨이나 다름없었다.

그렇기에 론 반 스트라텀은 무리를 해서 세계 원로회의 전력을 결집시킨 것이다.

탐색전이자 시험이라고 보기에는 쏟아부은 전력이 너무 과하다.

세계 원로회 의장인 론 반 스트라텀이 직접 오지 않았을 뿐, 팔과 다리를 전부 보낸 것이나 다름없다.

양측이 공유하는 명분은 이 싸움이 비밀리에 치러지는 검증이라는 사실이다.

그러나 실제로는 전쟁이라고 해도 과장이 아닐 것이다.

"엄청나군요."

소림사의 제자가 먼저 입을 열었다.

정단오는 그가 한 중국어를 알아듣고 고개를 끄덕였다.

하지만 무표정한 얼굴은 그대로였다.

예상을 뛰어넘은 적들의 숫자에도 긴장한 기색이 아니었다.

그는 오히려 흐린 미소를 지었다.

정단오의 표정을 본 중국 무림의 제자들이 의아한 표정을 지었다.

그들을 향해 정단오가 나지막이 대답했다.

"세계 원로회의 수족을 자를 기회가 주어졌다. 뉴욕에 집중돼 있던 능력자들의 균형을 맞출 차례다. 하늘이 내려준 기회로 여기지지 않는가?"

위기를 기회로 생각하는 정단오의 대담함에 여섯 명의 무인들은 속으로 혀를 내둘렀다.

유서 깊은 명문 문파의 미래를 책임질 제자들이지만, 정단오처럼 상상을 초월하는 존재는 처음 경험했기 때문이다.

정단오는 더 이상 지체하지 않고 공원 중심부로 성큼성큼 걸어갔다.

그가 다가오자 반대편에 서있는 20명의 능력자들이 더욱 가열차게 기운을 끌어올렸다.

한 명, 한 명이 예사롭지 않은 능력자들이다.

한 국가에 여럿이 존재하기 힘든 월드 클래스 레벨의 능력자들이 20명 가까이 모여있다.

이런 광경은 어디서도 보기 힘들 것이다.

열도 최강 삼인방이 일본이 가진 비장의 무기였다면, 여기 모인 20명의 능력자들은 세계 원로회의 저력인 셈이다.

그중에는 익숙한 얼굴도 있었다.

"가브리엘라."

정단오의 말에 갈색 머리를 길게 늘어트린 푸른 눈의 미녀, 가브리엘라가 한 걸음 앞으로 나왔다.

"다시 만나게 되네요, 이터널 마스터."

"사신단에 이어 검증단까지. 아까운 인재라고 생각했는데 아쉽게 됐군."

"무엇이 아쉽다는 말입니까."

"아까운 인재들을 내 손으로 꺾어야 한다는 점이 아쉽다. 그러나 피할 수 없는 일이겠지."

정단오는 당연하다는 듯 자신의 승리를 확신하고 있었다.

그의 말을 알아들은 다른 능력자들이 눈을 부릅뜨고 불쾌한 표정을 지었다.

가브리엘라뿐 아니라 나머지 인원도 월드 클래스의 반열에 든 능력자들이다.

정단오는 가브리엘라 뒤쪽의 그들을 돌아보며 입을 열었다.

낮게 깔린 음성에 묵직한 존재감이 실려 있었다.

"한꺼번에 덤비겠나? 아니면 돌아가며 싸울 것인가. 너희가 나를 시험하러 온 것이니, 원하는 대로 맞춰주겠다."

이보다 더 오만할 수 없었다.

고개를 꼿꼿이 든 정단오는 월드 클래스 레벨 능력자 20명을 앞두고도 평소처럼 고고한 태도를 유지했다.

한 사람, 한 사람이 국가의 운명을 좌우할 정도라고 자부하는 월드 클래스 레벨의 능력자들이 가만히 있을 리 없었다.

그들은 더욱 강렬하게 기운을 폭발시키며 정단오를 압박하려 했다.

파직― 파지직!

두 축의 기운이 부딪치며 허공에 전류가 튀었다.

정말 눈에 보일 정도로 불꽃들이 파다닥거리며 튀기고 있었다.

그만큼 강렬한 에너지가 백악산 중턱에서 한 치의 양보도 없이 부딪치고 있었다.

정단오를 따라온 여섯 명의 무림 제자들도 질세라 내공을 일으켰다.

그들은 엘더와 월드 클래스의 경계에 서있는 능력자들이다.

환경이나 전투 경험 등의 차이로 충분히 월드 클래스 레벨의 능력자들을 이길 수 있다.

소림사의 제자 두 명은 달마가 창안한 역근경을 펼치고 있었다.

우우우우웅─.

삭발을 한 소림 제자 두 명에게서 솟아난 기운이 허공에 장막을 형성했다.

역근경은 중국 무림의 모든 내공 중에서 가장 깊고 단단한 기운을 지녔다고 알려졌다.

살기 넘치는 강렬한 에너지도 역근경 앞에서는 맥이 풀리고 만다.

그뿐이 아니었다.

무당파의 제자 두 명은 각기 다른 기수식을 취했다.

사형인 청오는 주먹을 불끈 쥐었고, 사제인 청수는 손바닥을 활짝 펼쳤다.

무당파의 절기인 태극권(太極拳)과 면장(綿掌)을 펼칠 준비를 마친 것이다.

태극권은 유능제강(柔能制剛)의 원리로 무림을 제패한 전설적인 권법이다.

면장은 장풍(掌風)이란 말의 시초가 된 무공이다.

무당파에서도 천고의 기재들만 익힐 수 있는 두 개의 신공이 청와대를 감싸 안은 백악산에서 진면목을 보일 것 같았다.

채앵─.

채채챙!

소림사와 무당파가 무림의 태산북두로 군림한 건 어제오늘 일이 아니지만, 청성파의 역사도 뒤지지 않는다.

날카로운 소리와 함께 청성의 두 제자가 검을 뽑았다.

용케 장검을 반입하여 입국한 두 명은 맑은 인상만큼이나 청명한 기운을 뿌리고 있었다.

쏴아아아-.

놀랍게도 두 명의 검에서 서로 다른 색깔의 기운이 뿜어졌다.

한 명의 검은 짙은 푸른색으로 물들었고, 다른 한 명의 검은 피처럼 붉은색으로 물들었다.

푸른색 검기와 붉은색 검기.

청성파가 자랑하는 청운검법과 적하검법이 모습을 드러낸 것이다.

두 검법이 합쳐지면 청운적하검이라는 이름의 절세신공이 된다.

각자 따로 싸울 때보다 몇 배는 더 강력한 힘을 발휘한다는 게 무림의 정론이다.

청운검법과 적하검법의 기운을 끌어올린 채 굳건히 선 청성파 제자 둘의 모습이 사뭇 든든해 보였다.

둘이 합공을 펼쳐 청운적하검을 완성시키면 월드 클래스 레벨의 능력자들도 쩔쩔 맬 수밖에 없을 것이다.

"이쪽은 준비가 끝났군. 너희는 어떠한가?"

정단오가 가브리엘라와 그 뒤의 능력자들을 바라보며 입술을 달싹였다.

그 어떤 대답도 돌아오지 않았다.

여기까지 온 이상 문답무용(問答無用)이다.

"세계 원로회의 이름으로…… 이터널 마스터, 당신을 시험하겠습니다."

가브리엘라가 능력자들을 대신해 선전포고를 했다.

정단오의 무표정한 얼굴 위로 차가운 웃음이 번졌다.

그는 고개를 끄덕이며 가브리엘라의 눈동자를 바라봤다.

"지금 이 순간부터 내가 세계 원로회의 의지를 시험하겠다."

누가 누구를 시험하는지 모를 전투.

능력자 세계의 권력 향방과 카오스 1호 체제의 존망, 혼돈 이후 새롭게 열릴 세상의 미래를 결정지을 비밀스러운 최후의 싸움이 시작되고 있었다.

10장
카오스 너머

먼저 뛰어든 것은 세계 원로회의 능력자들이다.

그들은 수적 우위를 점하고 있다.

사실 능력자 사이의 전투에서 머릿수는 크게 의미가 없다.

숫자보다는 능력의 강함이 승패에 훨씬 더 큰 영향을 끼치기 때문이다.

하지만 백악산 자락에 모인 능력자들은 어중이떠중이가 아니다.

월드 클래스 레벨에 도달한 능력자가 20명이나 된다는 건 엄청난 일이다.

머릿수 자체만 놓고 봐도 이들이 우위를 자신하는 게 이해가 됐다.

먼저 다섯 명이 나섰다.

20명 중 상대적으로 약한 편에 속하는 능력자들인 것 같았다.

가브리엘라는 여기에 포함되지 않았다.

그러나 상대적으로 약하다고 해도 월드 클래스 레벨인 건 변함없다.

원로회 한국지부의 엘더들보다 더 강한 능력자 다섯 명이 동시에 달려든 것이다.

타다다닷!

미리 말을 맞춰놓은 것처럼 다섯 명이 일사불란하게 움직였다.

두 명은 정단오 앞에 섰고, 나머지 셋이 중국 무림 문파의 여섯 제자에게 달려갔다.

사형제가 한 쌍을 이룬 소림과 무당, 청상의 제자들이 저마다 한 명의 능력자를 상대하게 됐다.

그들은 자존심 강한 명문의 제자지만, 이 대 일로 합공을 해야 한다는 걸 부끄럽게 여기지 않았다.

세계 원로회가 작정하고 내보낸 월드 클래스의 능력자들이 얼마나 강할지 능히 짐작하기 때문이다.

정단오는 자신의 앞에 선 두 명을 쳐다봤다.

이들을 쓰러트려도 무려 15명가량의 능력자들이 더 남아있다.

그렇기에 초반부터 체력과 에너지를 많이 소모해선 안

된다.

"와라."

정단오는 짧게 말하고 단전에 꽉 찬 기운을 전신으로 퍼트렸다.

어설픈 대응으로는 월드 클래스 레벨의 능력자를 쓰러트릴 수 없다.

초반부터 전력을 다해 확실하게 싹을 밟아야 한다.

이게 전투 전체를 볼 때 체력과 에너지 소모를 막는 방법일 것이다.

어차피 카오스 1호 체제에서 벌어지는 최후의 싸움이다.

뒤를 생각할 필요 없이 본연의 힘을 드러낸 정단오에게서 무시무시한 기파가 뿜어져 나왔다.

기파(氣波).

말 그대로 물결처럼 요동치는 에너지의 파동이 그의 앞에 선 두 명의 능력자는 물론이고, 뒤에 서있는 능력자들에게도 영향을 끼쳤다.

세계에서 가장 강한 능력자임을 자부해온 이들은 살아있는 전설인 정단오의 무서움을 체감했다.

그러나 압도적인 존재감을 느꼈다고 해서 위축될 수는 없었다.

그럴 거면 이제껏 세계에서 가장 강한 선택받은 능력자라 자부하며 살아온 세월이 초라해진다.

두 명의 능력자는 입술을 깨물고 정단오에게 달려들었다.

가까이 덤비는 걸로 보아 둘 다 근접 박투술이 특기인 것 같았다.

쐐애액-.

역시 월드 클래스 레벨의 능력자답게 어마무시한 속도였다.

순식간에 허공을 격하며 접근한 둘이 정단오의 좌우를 노렸다.

슈우욱!

후욱-.

왼쪽 관자놀이를 노리는 펀치, 오른쪽 무릎을 향해 쇄도하는 날카로운 킥.

좌우를 나누고, 또 관자놀이와 무릎으로 상하를 나눈다.

한 번에 여러 겹의 혼란을 줘서 방어하기 어려운 상태를 만들어냈다.

단순한 펀치와 킥으로 보이지만, 본능적으로 맞춰진 최상의 합공(合攻)이다.

정단오는 매섭게 날아오는 펀치와 킥을 경시하지 않았다.

어설프게 막으려 했다간 두개골이 부서지고 무릎이 나갈게 뻔하다.

그는 순간적으로 암흑기를 뿜어냈다.

중원 무림에서 멸절의 천마로 불리던 시절의 절기가 발휘된 것이다.

슈슈슈슉!

퍼퍽! 빠각!

두 능력자의 펀치와 킥은 검은 그림자에 꽂혔다.

정단오와 비슷한 크기로 만들어진 검은 그림자는 실제 사람처럼 강렬한 펀치와 킥을 흡수했다.

그 사이 정단오는 반 발짝 몸을 뒤로 빼내며 반격할 타이밍을 잡았다.

파파파팡!

단단한 정권에서 무지막지한 기운이 일어나 한 명의 능력자를 덮쳤다.

소림사의 절예 백보신권이 발휘된 것이다.

무방비 상태로 백보신권의 기운에 얻어맞은 능력자는 볼썽사납게 쓰러져 일어서지 못했다.

정단오가 기운을 아끼지 않고 펼친 백보신권은 미사일 이상의 파괴력을 지니고 있다.

절묘한 타이밍에 반격을 당한 능력자는 쓰러진 채 미동조차 하지 않았다.

하지만 나머지 한 명이 남았다.

펀치와 킥을 받아낸 검은 그림자는 다시 흩어졌고, 그 틈에 동료가 쓰러졌다.

분노한 그가 전력을 담아 몸을 비틀었다.

휘이익-.

능력자의 머리가 왼쪽 발끝까지 닿을 듯했다.

신체를 완전히 접으며 오른발을 칼날처럼 치켜세웠다.

엄청난 회전 반경의 발차기였다.

정단오가 자주 구사하는 선풍각 못지않은 파괴적인 위력의 킥(Kick)이다.

그의 발끝이 정단오의 턱밑을 노리고 쏘아졌다.

발끝에 번들거리는 기운은 강기(罡氣)가 분명하다.

정단오가 유일하게 각강(脚罡)을 쓰는 줄 알았는데 아니었다.

폭탄보다 훨씬 위험한 강기의 기운을 감지한 정단오는 재빨리 목을 꺾었다.

쉬이잉-!

날카로운 파공성이 귓가를 울렸다.

조금만 늦었어도 발끝의 강기에 목젖이 잘려나갔을 것이다.

그러나 위기 다음에는 언제나 기회가 온다.

싸움, 그리고 인생의 모든 부분에서 틀림없이 적용되는 일이다.

정단오는 꺾었던 목을 원위치로 돌리며 균형이 무너진 능력자의 복부를 걷어찼다.

화려한 발차기는 아니지만 단순한 동작에 묵직한 힘이 실려 있었다.

푸욱!

뭔가 터지는 소리가 들렸다.

아마 복부를 걷어차인 능력자의 오장육부가 터지는 끔직한 소리일 터였다.

그 역시 동료와 마찬가지로 쓰러져서 움직이지 못했다.

순식간에 두 명의 능력자를 처리한 정단오는 뒤쪽을 바라봤다.

언뜻 보면 육 대 삼의 싸움이지만, 실은 이 대 일의 싸움이 세 번 벌어지고 있는 셈이다.

놀랍게도 청성파 제자 둘은 이미 세계 원로회의 능력자를 제압했다.

푸른빛과 붉은빛이 감도는 두 명의 검에 능력자의 피가 흥건히 묻어 있었다.

청운검법과 적하검법이 힘을 합해 청운적하검을 이루면 천하무적이 된다는 무림의 격언이 허풍은 아닌 것 같았다.

이 대 일이라고 해도 월드 클래스 레벨의 능력자를 이토록 빨리 쓰러트렸으니 말이다.

소림사와 무당파 제자들도 곧 상대를 쓰러트릴 것 같았다.

빠가각-.

퍼엉!

아니나 다를까.

정단오의 예상대로 소림의 무승(武僧)이 능력자의 머리를 쪼갰고, 무당파 청오의 태극권과 청수의 면장이 거의 동시에 또 다른 능력자의 가슴팍을 강타했다.

완벽한 기선제압에 성공한 정단오는 하얀 손을 까닥거리며 세계 원로회의 검증단을 자극했다.

"아직도 탐색전을 벌일 여유가 남았나? 시간 끌지 말고 한 번에 와라."

그의 도발에 가브리엘라가 입술을 깨물었다.

그 순간, 다른 능력자들 틈에 섞여 기운을 억누르고 있던 남자가 나섰다.

40대 중반으로 보이는 중후한 분위기의 중년 신사가 걸어 나왔다.

더블브레스트 슈트를 입은 그는 헐리웃 영화 속 영국 신사 이미지에 부합되는 인물이다.

그는 정단오를 쳐다보며 영국식 악센트가 묻어나오는 영어로 다른 능력자들에게 지시를 내렸다.

"뒤에 여섯 명은 중국 무림의 제자들이다. 가볍게 여기지 마라. 머릿수를 맞춰 여섯 명이 상대해라."

차차착!

타다다닷-.

그의 말이 떨어지기 무섭게 여섯 명의 능력자가 무림 제자들에게 달려갔다.

이 대 일이 아니라 이 대 이의 공평한 싸움을 하려는 것이다.

소림사와 무당파, 청성파의 제자들 입장에서도 부담스러운 싸움이다.

월드 클래스 레벨의 능력자들과 동일한 머릿수로 싸워야 하기 때문이다.

하지만 그들은 의기를 떨어트리지 않고 분연히 맞서 싸울 태세였다.

먼저 나선 다섯 명이 죽었고, 여섯 명이 무림 문파 제자들을 상대하기 위해 빠져나갔다.

이제 가브리엘라와 중년 신사를 포함해 여덟 명이 남았다.

정단오는 이들이야말로 진짜 정예 중의 정예임을 느꼈다.

특히 존재감을 죽이고 있다가 앞으로 튀어나온 중년 신사가 예사로워 보이지 않았다.

과시하지 않지만 은연중 느껴지는 기운의 파동이 심상치 않다.

열도 최강 삼인방 중에서 정단오를 끝까지 괴롭혔던 곽무수보다 강해 보인다.

나머지 여섯 명과 가브리엘라도 문제지만, 뒤늦게 존재감을 발휘하며 리더십을 발휘한 중년의 신사가 제일 골칫거리일 것 같았다.

"누구냐, 넌."

"처음 인사드리겠습니다, 이터널 마스터. 세계 원로회의 부의장, 리처드 브로넌입니다."

더 이상의 설명이 필요 없었다.

세계 원로회의 부의장, 공식적으로 전 세계 능력자들의 넘버 2라는 뜻이다.

론 반 스트라텀 바로 아래에서 실질적으로 세계 원로회를 주관하는 부의장이 직접 한국에 왔다.

정단오는 묘한 표정을 지으며 리처드를 노려봤다.

"시험 치고는 과하군. 너를 잃으면 론 반 스트라텀의 입지가 남아나질 않을 텐데."

"제가 직접 자원했습니다. 기록에서만 보던 전설의 인물이 어떠할지…… 꼭 체험해보고 싶었으니."

"감상은 어떠한가?"

"글쎄요. 죽일 수 있겠다, 라고 생각된다면 어떠십니까?"

리처드 브로넌은 신사다운 표정과 억양으로 차분하게 이야기를 진행시켰다.

그러나 대화 내용은 어마어마했다.

정단오를 죽일 수 있겠다고 자신한 것이다.

정단오는 상대가 마음에 들었는지 미소를 지었다.

이지아에게 보여줄 때처럼 따뜻함이 깃든 미소가 아니다.

무정한 살의(殺意)로 번들거리는 냉소였다.

"론 반 스트라텀이 외로워지겠군. 수족과 같은 전력을 여기서 다 잃고, 부의장까지 다시 못 보게 될 테니."

"두고 보시죠, 이터널 마스터."

둘은 얼굴색을 붉히지 않고 담담한 말투로 살기를 뿜어냈다.

그런 점이 훨씬 더 무서워 보였다.

이제 더 망설일 이유가 없다.

이미 여섯 명의 무림 문파 제자들은 같은 머릿수의 세계 원로회 능력자들과 치열한 전투를 벌이고 있었다.

처처척!

리처드와 가브리엘라를 제외한 나머지 여섯 명이 정단오 앞에 섰다.

시야를 가로막은 여섯 명의 월드 클래스 레벨 능력자들을 쓰러트려야 가브리엘라와 리처드가 나설 것 같았다.

비열하다면 비열한 차륜전이지만, 세계 원로회의 검증단은 이것저것 수단을 가리지 않았다.

정단오는 뒤쪽으로 물러나 거만하게 팔짱을 낀 리처드 브로넌을 노려봤다.

앞을 막아선 여섯 명을 모조리 쓰러트리고 금방 너에게 가겠다, 라는 뜻이 남긴 눈빛이었다.

훗날 역사의 이면을 아는 사람들 사이에서 백악대전(白岳大戰)이라 불리는 싸움의 제2막이 열리고 있었다.

* * *

콰콰쾅-!

한 번의 교전으로 엄청난 폭발음이 울렸다.

정단오는 여섯 명의 능력자들을 재빨리 분석했다.

탐색 삼아 한 번 부딪치며 폭발을 일으켰지만, 상대를 파악하기 위한 페이크였다.

지피지기(知彼知己)면 백전백승(百戰百勝)이라 하지 않았나.

월드 클래스 레벨의 능력자들을 상대하기 위해서는 반드시 장단점을 파악해야 한다.

'절반은 근접, 나머지는 원거리.'

정단오는 단 한 번 충돌하며 여섯 명의 능력자들이 뿜어 낸 기운을 놓치지 않았다.

세 명은 근거리 전투를 좋아하는 스타일이고, 나머지 셋은 후방에서 강력한 주술과 마법으로 공격을 하는 원거리 스타일이다.

이들 여섯을 쓰러트리려면 체력과 에너지를 많이 소모할 수밖에 없다.

정단오가 아니라면 그 누구도 월드 클래스 레벨 능력자 여섯 명을 동시에 상대할 생각은 못 할 것이다.

세계 원로회 부의장인 리처드 브로넌은 정단오를 지치게 만들며 전투 패턴을 분석하려는 것 같았다.

설령 정단오가 여섯 명을 쓰러트려도, 가브리엘라와 함께 뒤늦게 나서서 마무리를 지을 자신이 충분한 것이다.

냉정하고 완벽한 판단이었고, 그렇기에 리처드의 오버하

지 않으면서도 자신만만한 태도가 이해가 됐다.

'옳은 판단이다. 상대가 나라는 것만 빼면.'

정단오는 입술을 굳게 다문 채 스스로 믿음을 불어넣었다.

이터널 마스터, 불멸의 지배자, 그 외에도 수많은 수식어를 거저 얻은 게 아니었다.

월드 클래스 레벨의 능력자들을 다수 상대해야 한다는 게 부담스럽지만, 그는 패배의 가능성을 염두에 두지 않았다.

타다닷!

그때 잠시 물러났던 능력자 셋이 동시에 달려들었다.

근접전을 주 무기로 삼는 능력자들이 거리를 좁혀오는 것이다.

정단오는 소림과 무당, 청성의 제자들을 믿고 자신의 싸움에 집중했다.

화아아악!

왼손에서 뿜어진 불꽃이 능력자들의 진로를 가로막았다.

시바의 불꽃이 방어막 역할을 한 것이다.

하지만 아주 잠깐뿐이었다.

상대는 괜히 월드 클래스 레벨이라 불리는 게 아니었다.

세계 원로회의 본부에서 고르고 골라 뽑아서 보낸 전력이다.

앞선 두 명을 손쉽게 처리했던 게 행운에 가까웠다.

쉬이익!

사아아악-.

셋은 누가 먼저랄 것도 없이 맨몸으로 푸른 화염을 갈라냈다.

온몸이 아우라로 덮여 있어서 시바의 불꽃에 타격을 입지 않았다.

푸른 화염을 갈라내고 정단오의 지근거리에 접근한 셋이 동시에 공격을 쏟아냈다.

후우욱!

바람이 압축되며 터져 나가는 소리가 고막을 때렸다.

한 명은 주먹으로 안면을 노렸고, 다른 한 명은 칼날보다 날카로운 수도(手刀)로 명치를 찔렀다.

마지막 한 명은 정단오의 허리를 노리고 완벽에 가까운 자세로 발차기를 했다.

두 명이 달려들었을 때는 상하(上下) 또는 좌우(左右)를 동시에 노린다.

하지만 세 명의 공격은 한층 더 까다로웠다.

사실 두 명 이상이 한 번에 공격을 해봤자 더 비효율적인 경우가 많다.

그럼에도 정단오에게 달라붙은 셋은 한 몸처럼 까다로운 급소만을 노렸다.

슈슈슉!

정단오는 다급히 암흑의 기운을 사용했다.

그림자 대신 튀어나온 검은 기운이 샌드백 역할을 했다.

그 옛날, 중원 무림에서 멸절의 천마로 군림하던 시절의 암흑기는 위급한 순간마다 도움이 되고 있었다.

퍼어억!

빠가가가각-.

검은 그림자로 이루어진 인형(人形)이 실제 사람처럼 능력자 셋의 공격을 받아냈다.

겨우 한 걸음 물러난 정단오는 허리를 노리고 발차기를 날렸던 능력자의 멱살을 틀어잡았다.

꽈악!

멱살을 잡는 동시에 맨살에 대고 인드라의 뇌전을 펼쳤다.

파지지지직!

피부가 맞닿은 채 펼쳐진 인드라의 뇌전은 그야말로 살인적인 위력을 뿜어냈다.

제아무리 강력한 기운으로 몸을 보호한 능력자라고 해도, 맨살에서 바로 퍼져나간 뇌전을 막아낼 순 없었다.

찌릿! 찌리리릿-!

털썩!

엄청난 전류에 감전되어 파드득거리던 능력자가 뒤로 쓰러졌다.

위기를 넘기며 한 명의 능력자를 처리한 정단오는 숨 돌릴 틈이 없었다.

동료를 잃은 두 명이 다시 달려들었기 때문이다.

슈슈슈슉!

정단오는 또 한 번 암흑기를 사용했다.

상대의 공격을 막아내며 반격의 타이밍을 잡는 데 있어 암흑기는 최고의 기술이다.

그림자처럼 솟아난 검은 인형이 이번에도 능력자 두 명의 공격을 흡수할 것 같았다.

하지만 그 순간, 공중에서 날아온 얼음 화살이 암흑기로 이루어진 검은 인형을 때렸다.

꽈아앙-.

푸슈슈슈슈슈!

얼음 화살에 정통으로 격중 당한 검은 그림자가 사방으로 흩어졌다.

원거리에서 호시탐탐 기회를 엿보던 능력자 세 명 중 한 명이 정단오의 암흑기를 간파한 것이다.

그 덕에 정단오는 근거리에서 싸우던 능력자 두 명에게 노출되고 말았다.

다시 암흑기를 일으켜 검은 인형을 만들기엔 늦은 상황, 그는 맨몸으로 두 명의 공격을 받아냈다.

빠각!

퍼억!

오른팔로 관자놀이를 노리던 발차기를 막았고, 왼쪽 팔꿈치로 사각을 노린 정권을 튕겨냈다.

능력자들의 발차기와 정권에는 어마어마한 파괴력을 자랑하는 강기(罡氣)가 뚜렷하게 맺혀 있었다.

서양 능력자들은 강기를 아우라(Aura)라고 부른다.

동양에서 강기를 쓸 줄 알면 전투에서 최고 반열에 오른 능력자로 인정하는 것처럼, 서양에서는 아우라 마스터를 엘더 레벨로 대우해준다.

이들은 엘더 레벨을 넘어선 월드 클래스 레벨의 능력자들이니 아우라의 강력함도 남달랐다.

정단오도 양팔에 강기를 두른 채 공격을 막아냈지만, 뼛속깊이 울리는 통증은 어쩔 수 없었다.

'묵직하다.'

정단오는 거리를 벌리고 자신에게 타격을 가한 능력자 두 명을 노려봤다.

그들은 드디어 정단오의 몸에 공격을 성공시켜 기쁜 듯 활활 타오르는 눈빛을 띠고 있었다.

물론 일방적으로 공격을 성공시킨 건 아니었다.

정단오는 팔과 팔꿈치를 이용해 방어를 했고, 그와 부딪친 능력자 두 명도 비슷한 타격을 입었다.

그러나 중요한 건 암흑기를 넘어 정단오의 몸과 부딪쳤다는 사실이다.

월드 클래스 레벨의 능력자들이 갈피를 잡기 시작했다.

아마 뒤에서 기운을 모으고 있는 능력자 셋이 호시탐탐 기회를 노리다 능력을 발휘할 것이다.

암흑기가 간파당한 이상, 다른 방법이 필요하다.

정단오는 근접 전투를 맡은 능력자 두 명과 뒤쪽의 능력자 세 명을 돌아봤다.

꽤 떨어진 곳에서 리처드 브로넌과 가브리엘라가 전투를 관찰하고 있었다.

그들은 정단오가 지칠수록, 그리고 다양한 전략을 노출할수록 속으로 환호성을 지를 것이다.

지피지기면 백전백승이라는 말은 세계 원로회의 검증단에게도 똑같이 통용되는 것이기 때문이다.

'이럴 때일수록 속전속결을 노린다.'

정단오는 마음을 굳게 먹었다.

상대의 페이스에 질질 끌려가면 답이 없다.

싸움이 길어질수록 머릿수가 많은 세계 원로회 검증단이 유리해진다.

부의장인 리처드 브로넌, 그리고 엄청난 잠재력을 가진 가브리엘라는 아직 한 점의 체력도 소모하지 않았다.

둘을 의식할 수밖에 없고, 잘못하면 무림 문파 제자들이 상대하고 있는 능력자들까지 맡아야 할 수 있다.

"후우―."

정단오가 한숨을 내쉬었다.

곧이어 그의 오른팔에 푸른빛 광채가 일렁거렸다.

혼연(渾然)의 검(劍).

순수에 가까운 에너지 덩어리가 그의 손끝에서 솟아나

검의 형태를 이루었다.

영혼까지 소멸시키는 절대적인 무기.

400년이 넘는 세월 동안 정단오가 배운 가장 강력한 능력이자, 함부로 사용할 수 없는 힘이 발현됐다.

속전속결을 위해서는 혼연의 검보다 더 좋은 선택은 없을 것이다.

눈앞의 능력자들을 쓰러트리고 리처드와 가브리엘라를 상대할 때 혼연의 검이 약해져도 어쩔 수 없다.

일단 닥친 위기를 최대한 빨리 극복하고, 그다음 또 모든 것을 쏟아내는 게 최선이다.

혼연의 검이 드러나자 능력자들의 안색이 변했다.

팔짱을 끼고 여유롭게 서 있던 세계 원로회 부의장 리처드 브로넌도 심각한 표정을 지었다.

그들도 알고 있었다.

정단오의 오른손에 순수한 푸른빛 광채의 검이 맺히면 반드시 누군가의 영혼이 소멸된다는 것을.

100% 상태가 아닐 때에도 능력 자체를 무력화시키고, 무자비하게 목숨을 빼앗는 강력한 무기가 바로 혼연의 검이다.

일반적인 능력자 세계의 상식으로는 납득할 수 없는 불가해(不可解)한 힘이 나타났다.

정단오는 이 기세를 몰아 먼저 능력자들에게 달려들었다.

우선 근거리 전투를 맡는 두 명을 쓰러트려야, 원거리에서 방해를 하는 세 명에게 다가갈 수 있다.

하나 그들에게 먼저 달려드는 과정도 쉽지 않았다.

원거리에 특화된 세 명이 기다렸다는 듯 캐스팅을 끝내고 능력을 뿜어냈기 때문이다.

쐐애애액-.

파파파파팍!

암흑기를 박살냈던 얼음 화살이 선두에서 날아왔다.

뒤이어 뱀 모양을 한 불꽃 덩어리가 정단오를 향해 주둥이를 쩍 벌렸고, 날카로운 에너지 칼날이 비처럼 쏟아졌다.

피해낼 구석이 없는 종합 선물 세트였다.

정단오는 먼저 얼음 화살을 노려봤다.

충돌하기만 해도 온몸이 얼어붙을 것 같은 냉기가 느껴졌지만, 그는 망설이지 않고 왼쪽 주먹을 내밀었다.

권강과 소림사 백보신권이 하나로 된 무지막지한 정권이 얼음 화살과 정면으로 부딪쳤다.

꽈아앙!

쩌어어어억-.

손끝이 시큰거리고, 뼈를 얼리는 냉기가 왼팔 전체를 찌릿찌릿하게 만들었다.

하지만 권강과 백보신권은 얼음 화살을 산산조각 내버렸다.

그러나 끝이 아니다.

그사이 뱀 모양의 불꽃 덩어리가 혀를 날름거렸고, 에너지의 칼날도 시야를 빽빽하게 가로막았다.

정단오는 지체 없이 혼연의 검을 휘둘렀다.

오른팔을 가로젓자, 손끝에 길게 맺힌 혼연의 검이 허공을 채웠다.

정확히 말하자면 혼연의 검에서 뿜어진 푸른 광채가 빛을 발한 것이다.

파아아악!

푸른빛이 뱀 모양의 불꽃 덩어리를 소멸시켰다.

기세등등하게 정단오를 집어삼킬 것 같던 불꽃 덩어리가 허무하게 사라졌다.

뿐만 아니라 뒤이어 공중을 덮은 에너지 칼날도 마찬가지였다.

마치 처음부터 존재하지 않았다는 듯 흔적도 없이 사라졌다.

혼연의 검이 그야말로 능력 자체를 소멸시켜버린 것이다.

눈 깜짝할 사이에 서로 다른 세 가지 능력을 무위로 돌린 정단오는 목적을 이뤘다.

원거리 능력자들의 방해에서 벗어나 근접 전투를 하는 두 명에게 다다른 정단오가 오른팔을 뻗었다.

슈욱—!

혼연의 검이 한 명의 목을 꿰뚫었다.

이렇게 빨리 원거리 능력자들의 공격을 뚫고 올 거라 예상하지 못했던 근접 능력자들은 무방비 상태에서 정단오를 맞이했다.

물론 혼연의 검에 목이 꿰뚫렸다고 해서 피가 흐르거나 살에 구멍이 나진 않는다.

대신 영혼이 소멸된다.

설혹 혼연의 검에 가득 찬 에너지가 떨어져도 영혼 대신 목숨은 빼앗는다.

쿠웅!

혼연의 검에 찔린 능력자는 거짓말처럼 호흡을 하지 않은 채 뒤로 넘어갔다.

화들짝 놀란 다른 한 명이 정단오를 향해 주먹을 뻗었다.

그러나 속전속결을 작심하고 전력을 쏟아붓기 시작한 정단오는 완전히 다른 사람이 됐다.

빠악!

그의 주먹과 정단오의 왼쪽 주먹이 정면으로 충돌했다.

서로 비슷한 타격을 입었다.

하지만 정단오는 몸을 엄습하는 통증에 아랑곳하지 않고 혼연의 검을 휘둘렀다.

샤아아악-.

이번엔 푸른빛 검이 능력자의 상반신을 대각선으로 가르고 지나갔다.

역시 살이 베이고 피가 솟아나진 않았다.

대신 능력자가 다른 동료와 마찬가지로 창백해진 안색을 보이며 힘없이 쓰러졌다.

이로서 근접 전투를 주특기로 삼는 능력자 세 명은 모두 저승으로 향했다.

정단오는 고개를 돌렸다.

조금 전 원거리에서 얼음 화살과 불꽃, 그리고 에너지 칼날을 날렸던 능력자 세 명이 일렬로 서있었다.

그의 눈빛에 서려있는 살기가 공간을 뛰어넘어 생생하게 전달됐다.

더 이상 원거리 능력자 셋의 방패막이가 되어줄 근접 전투 능력자들은 남아있지 않다.

정단오는 사냥감을 발견한 맹수처럼 그들이 서있는 쪽으로 질주했다.

거리가 제법 있지만, 한달음에 허공을 도약해 다다랐다.

그사이 원거리에서 능력을 발휘하던 능력자 셋은 필사적으로 주문을 캐스팅했다.

정단오를 막아내지 못하면 셋 다 쓰러지고 말 거라는 걸 알고 있다.

그들은 가진 힘을 모조리 쥐어짜 각자 펼칠 수 있는 최강의 능력을 불러냈다.

슈오오오오-!

먼저 모습을 드러낸 건 얼음 화살이었다.

정단오를 두 번이나 훼방 놓았던 냉기의 화살이 이전과는 다른 모습으로 생성됐다.

사람 몸통 두 개를 합쳐놓은 정도로 굵어지고 커진 것이다.

조금 전 도약하며 왼쪽 주먹으로 얼음 화살을 부쉈지만, 뼛속까지 침범한 냉기가 왼팔을 저릿하게 만들었다.

그때보다 더 커지고 강력해진 얼음 화살은 부수기 만만치 않을 것 같았다.

섣불리 주먹을 내밀었다간 온몸이 얼어붙지 말란 법이 없었다.

그러나 눈앞으로 날아오는 얼음 화살을 보고 오래 고민할 틈은 주어지지 않았다.

본능적으로 움직이고 반응해야 한다.

정단오의 몸에서 엄청나게 밝은 빛이 번쩍였다.

일시적으로 모두의 눈을 멀게 하는 섬광(閃光)이 뿜어진 것이다.

청와대 앞마당에서 일본 능력자의 에너지 미사일을 흡수해 돌려보냈던 바로 그 섬광이었다.

정단오에게서 비롯된 광휘가 얼음 화살을 삼켜버렸다.

곧이어 놀라운 일이 벌어졌다.

눈부신 빛에 감싸지며 사라졌던 얼음 화살이 방향을 틀어 세계 원로회의 능력자들에게 쏘아진 것이다.

에너지 미사일을 흡수해 내보냈을 때와 똑같은 현상이

었다.

꽈과과과광-!

쩌저저적!

얼음 화살을 만든 능력자는 자신의 힘에 그대로 직격 당했다.

거대한 얼음 화살이 그에게 정통으로 명중했다.

다른 수를 쓸 여지도 없이 능력자가 그대로 얼어붙어 동상이 됐다.

한 명을 처리한 정단오는 다음 목표를 쳐다봤다.

두 명의 능력자들도 이미 힘을 쏟아내고 있었다.

역시 더욱 거대하고 강력해진 뱀 모양의 불꽃 덩어리, 그리고 하늘을 빽빽하게 채운 에너지의 칼날이 날아왔다.

정단오는 왼손에 시바의 불꽃을 극한까지 끌어올렸다.

불과 불의 대결.

과연 누구의 화기(火氣)가 더 강한지 정면으로 부딪쳐 보려는 것이다.

화르르르르륵-.

치솟은 푸른색 화염이 뱀 모양의 불꽃 덩어리와 충돌했다.

뒤편에서 날아든 에너지 칼날은 오른팔을 휘둘러 상쇄시켰다.

혼연의 검이 허공을 휘젓자, 빽빽하던 에너지 칼날 대부분이 사라진 것이다.

물론 미처 다 소멸시키지 못한 에너지 칼날은 정단오의 몸에 박히며 제 역할을 했다.

투두두둑!

정단오는 어깨와 옆구리에서 강한 충격을 느끼며 인상을 찌푸렸다.

에너지 칼날에 맞은 건 마치 일반인이 기관총 사격에 노출된 거나 마찬가지인 일이다.

그러나 정단오는 뇌수를 흔드는 고통을 느끼면서도 멈추지 않았다.

그의 왼손에서 피어난 시바의 불꽃은 뱀 모양의 불꽃 덩어리를 완벽하게 집어삼켰다.

화아아아악!

이제까지와는 비교도 할 수 없이 강폭하게 일어난 시바의 불꽃이 표독스러운 뱀을 삼켜버렸다.

뱀 모양의 불꽃 덩어리는 그대로 시바의 불꽃에 흡수됐고, 그것을 만들어낸 능력자는 푸른 화염에 온몸이 타버려한 줌 재가 됐다.

바스스슥—.

불과 몇 초 전까지 세계 원로회가 자랑하는 월드 클래스 레벨의 능력자였던 사람이 까만 재가 되어 바람에 흩날렸다.

이제 한 명이 남았다.

정단오의 어깨와 옆구리에 에너지 칼날을 때려 넣어 타

격을 입힌 능력자는 넋이 나간 표정이었다.

상상했던 것 이상의 압도적인 능력으로 정단오가 동료들을 쓰러트리는 걸 직접 봤기 때문이다.

사실 정단오에게 타격을 입힌 에너지 칼날 폭풍이 그의 마지막 무기였다.

이미 전력을 쏟아낸 그는 더 이상 반격을 가할 힘이 남아있지 않았다.

정단오는 그에게 뚜벅뚜벅 걸어가 입을 열었다.

"제법이었다."

마치 아랫사람을 대하듯 칭찬 한 마디를 남긴 정단오가 왼손으로 그의 목을 부여잡았다.

"크읍…… 컥!"

우드드득!

그는 비현실적일 만큼 새하얀 손으로 능력자의 목을 부러트렸다.

이미 전의를 상실한 상대에게 굳이 혼연의 검을 사용하진 않았다.

마지막으로 넘어야 할 고비가 남아있고, 조금이라도 혼연의 검을 아껴두는 게 좋기 때문이다.

보통 능력자도 아니고 월드 클래스 레벨에 도달한 여섯 명의 능력자들을 쓰러트린 정단오는 뒤를 돌아봤다.

중국 무림 문파의 여섯 제자와 세계 원로회 검증단의 여섯 능력자들의 싸움은 치열하기 이를 데 없었다.

청성파의 제자 두 명은 상대를 모두 쓰러트렸다.

그렇지만 적하검법을 펼치던 제자가 큰 상처를 입은 채 주저앉아 있었고, 나머지 제자가 그를 도와 기운을 북돋아 주는 중이었다.

소림사 제자 두 명과 검증단 능력자 둘의 싸움은 절정으로 치닫고 있었다.

무당파의 상황은 더욱 심각했다.

면장을 주로 쓰는 청수가 저만치 쓰러져 있었다.

살았는지 죽었는지 지금으로선 확인할 길이 없다.

검증단의 능력자도 한 명이 쓰러졌다.

태극권을 쓰는 청오와 남은 능력자 한 명이 한 치의 양보도 없는 싸움을 이어가고 있었다.

그래도 중국 무림 문파의 제자들이 밀리지는 않는 양상이었다.

청성의 두 제자가 승리했고, 소림은 박빙이었다. 무당은 한 명이 전투에서 이탈했지만, 마찬가지로 상대 한 명을 쓰러트려 일 대 일의 전투를 지속하고 있다.

안심할 수는 없는 상황이지만, 무림 문파의 제자들은 정단오의 부담을 상당히 덜어줬다.

정단오는 이제 남아있는 리처드 브로넌과 가브리엘라에게 집중하면 될 것 같았다.

"이제 팔짱을 풀고 나올 차례 같군."

정단오가 저만치 떨어져있는 리처드를 보며 말했다.

리처드는 이미 팔짱을 풀고 앞으로 걸어 나오고 있었다.

복잡한 표정의 가브리엘라도 그의 옆에서 나란히 걸어왔다.

세계 원로회 검증단과 정단오의 싸움.

새로운 세상의 주도권을 결정지을 백악대전, 그 마지막 페이지가 펼쳐지고 있었다.

*　　*　　*

고풍스러운 엔틱 가구들이 격조를 더한 집무실.

백악관에 있는 미국 대통령 집무실보다 훨씬 넓고 고급스러운 공간에 단 두 사람이 마주보고 앉아있었다.

더블 슈트를 입고, 머리를 뒤로 빗어 넘긴 미중년은 세계 원로회의 부의장 리처드 브로넌이다.

그와 마주앉아 있는 상대는 청바지에 하얀 티셔츠를 입었다.

옷차림은 소탈하지만, 전체적인 분위기는 뭐라 형용하기 어려웠다.

리처드와 비슷한 연배임에도 훨씬 젊어 보이는 미남자.

그가 바로 세계 원로회의 의장이자 전 세계 능력자들을 통치하는 초유의 리더, 론 반 스트라텀이다.

론은 리처드를 바라보며 입을 열었다.

네덜란드 억양이 묻어나오는 음성에서도 알 수 없는 힘

이 느껴졌다.

"쉽지 않을 겁니다, 리처드."

"월드 클래스 레벨의 능력자 20명이면 한 국가, 아니한 대륙을 휩쓸고도 남습니다. 우리 본부의 핵심 전력 60% 이상을 대동하고, 제가 직접 가는데도 불안하십니까?"

"불안……과는 조금 다른 감정입니다. 내가 움직일 수없는 이상, 활용할 수 있는 최고의 전력을 투입한 셈입니다. 아무리 이터널 마스터라고 해도 이런 전력을 당해낼거라고는 생각되지 않습니다. 그러나……."

"무엇이 염려되십니까, 의장님."

"세계 원로회 본부에 은밀히 보관된 그의 기록이 전부사실이라면, 과거의 전설을 미화하거나 과장한 것이 아니라면……. 그렇다면 우리는 아주 큰 실수를 하는 건지도모르겠습니다."

"원래 과거의 기록과 역사는 날조되고 과장되는 것 아니겠습니까. 세계 원로회의 명예를 걸고 한국에서 일어난 소동을 잠재우고 오겠습니다. 불멸의 전설은 세계 원로회의이름 앞에서 깨질 것입니다."

"리처드. 그대의 어깨에 참으로 많은 것이 달려있습니다."

론 반 스트라팀이 손을 뻗어 리처드 브로넌의 어깨를 두드렸다.

둘은 서로를 존중하는 사이지만, 분명한 상하 관계가 형성돼 있었다.

리처드는 반드시 이터널 마스터 정단오를 쓰러트려 한국과 세계의 혼란을 바로 잡겠다고 다짐했다.

이미 능력자들의 존재가 알려진 이상, 모든 것을 예전으로 돌릴 수는 없다.

하지만 새롭게 형성될 세계의 질서에서 세계 원로회가 주도적인 역할을 하느냐 마느냐는 아주 큰 문제다.

정단오가 건재하면 세계 원로회는 지금의 UN처럼 실질적인 권력을 갖지 못한 채 명목상의 역할만 하게 될 것이다.

리처드는 굳은 각오를 다지며 자리에서 일어났다.

월드 클래스 레벨의 능력자 20명과 리처드 자신이면 세계 원로회 의장인 론 반 스트라텀도 당해낼 수 없는 전력이다.

론이 아니라 그 누구도 이러한 전력을 상대할 수는 없다.

뉴욕에 있는 세계 원로회 본부 건물을 나서며 옷깃을 여민 리처드의 얼굴은 누구보다 자신만만해 보였다.

* * *

쾅아앙-!

리처드는 뉴욕에서의 대화를 떠올리고 있었다.

정단오의 어깨에 정통으로 맞아 뒤로 튕겨나가며 론 반 스트라텀과 대화를 나눈 순간이 뇌리를 스쳐갔다.

쿠당타타탕!

볼썽사납게 땅바닥을 구른 리처드의 깔끔한 슈트가 지저분해졌다.

뿐만 아니라 자신감 넘치던 표정도, 당당하고 여유롭던 분위기도 온데간데없었다.

월드 클래스 레벨의 능력자들을 쓰러트린 정단오는 어디서 힘이 남아도는지, 더욱 맹렬한 모습으로 리처드를 압박했다.

세계 원로회 의장인 론 반 스트라텀과 거의 비등한 수준의 능력자라 알려진 리처드는 낭패를 보고 있었다.

그의 옆에선 가브리엘라도 힘에 부치긴 마찬가지였다.

슈우우우우ー.

가브리엘라의 몸에서 뿜어진 투명한 기운이 리처드에게 공급됐다.

그녀는 전투 능력도 갖고 있지만, 그보다는 세계적인 수준의 힐러(Healer)였다.

체력과 에너지를 회복시키고, 능력자의 힘을 두 배 이상 증폭시키는 데 있어 가브리엘라를 따를 사람이 없다.

그녀 덕에 리처드는 다시 일어나 정단오를 노려볼 수 있었다.

웬만한 충격은 가브리엘라가 회복시켜준다.

정단오는 차가운 눈빛으로 리처드와 가브리엘라를 번갈아 쳐다봤다.

"이렇게 시간만 끌려고 한국까지 온 것인가?"

조롱 섞인 그의 말에 리처드가 입술을 깨물었다.

그는 자존심 높기로는 둘째가라면 서러운 인물이다.

투둑, 투두둑!

리처드가 찢어진 슈트 재킷을 벗어 던졌다.

미중년의 얼굴 아래로 단단한 근육질의 몸이 드러났다.

그는 정단오를 쳐다보고 입을 열었다.

"과연 인간의 영역을 초월한 이터널 마스터. 의장님의 걱정이 기우가 아니었음을 알겠습니다. 그러나 당신 역시 지쳤다는 걸 부정할 수는 없을 터. 오른손에 맺힌 혼연의 검이 흐릿해 보입니다."

리처드의 지적대로 정단오의 오른손에서 솟아난 혼연의 검은 푸른빛을 잃어가고 있었다.

월드 클래스 레벨의 능력자들을 상대하며 너무 많은 힘을 쏟아냈기 때문이다.

그러나 정단오는 눈 하나 깜박하지 않았다.

결정적인 순간, 혼연의 검을 한 번 더 쓸 수 있다는 확신이 있었다.

"걱정해줄 필요 없다. 너의 영혼을 소멸시킬 만큼의 힘은 충분히 남아있다."

"어디 한 번 보십시다. 내 영혼을 소멸시키기 전에 혼연의 검을 먼저 써야 할 터이니. 가브리엘라-!"

리처드가 가브리엘라를 불렀다.

그녀는 뭔가 작심한 듯 두 눈을 꼭 감고 양손을 뻗었다.

곧이어 가브리엘라의 몸에서 미증유의 기운이 뿜어져 리처드에게 향했다.

정단오도 심상치 않은 기운의 흐름을 느꼈다.

쏴아아아아아-!

폭포수 같은 에너지가 리처드에게 향하고 있었다.

가브리엘라는 자신의 모든 힘을 리처드에게 부어주는 중이었다.

아무리 세계 최고의 힐러라고 해도 가능한 일이 아니다.

이런 식으로 에너지를 주입하면 당사자인 가브리엘라는 생명력을 잃을 것이다.

아니나 다를까, 모든 에너지를 리처드에게 건네준 그녀가 힘없이 주저앉았다.

창백해진 안색이 가브리엘라의 상태를 말해준다.

생명력까지 소모하며 일시적으로 리처드의 능력을 증폭시킨 것이다.

정단오를 상대하기 위해서는 이 방법밖에 없었다.

"안됐군."

정단오는 짧지만 측은지심이 실린 말을 내뱉었다.

주저앉은 가브리엘라는 머지않아 숨을 다하게 될 것이다.

그녀에게 주어진 시간은 얼마 남지 않았다.

후회는 없는 것일까.

그러나 가브리엘라를 돌아보며 안타깝게 여길 틈이 없었다.

그녀의 힘을 받은 리처드가 최후의 비술을 폭발시켰기 때문이다.

쿠오오오오오!

정단오가 인상을 쓸 정도로 엄청난 기운이 집중됐다.

이윽고 리처드의 어깨 뒤로 익숙한 형상이 돋아났다.

맹수의 제왕, 사자.

붉은빛이 감도는 거대한 사자 한 마리가 리처드의 어깨에 얹혀 있었다.

영국 출신의 리처드를 나타내는 기운이 사자라는 게 어딘지 잘 어울렸다.

"강신(降神)이군."

정단오는 리처드의 상태를 간파했다.

가브리엘라의 힘을 받아 그가 발동시킨 최후의 능력은 강신술이었다.

강신술(降神術)은 소환술과 비슷하면서도 다르다.

소환술은 제3세계의 존재를 현실에 불러내는 것이다.

반면 강신술은 압도적인 힘을 지닌 존재를 스스로에게 덧씌워 싸운다.

붉은빛 사자가 곧 리처드가 된 셈이다.

"크허어엉-!"

줄곧 신사답게 영국 영어로 말하던 리처드가 괴성을 토해냈다.

사자의 포효 소리와 똑같았다.

순식간에 정단오에게 달려든 리처드가 오른팔을 휘둘렀다.

그의 오른팔 위로 붉은빛 사자의 앞발이 포개어져 있었다.

지금 이 순간, 위압감을 뿜어내는 붉은 사자와 리처드는 한 몸이 돼 있었다.

부우웅—.

가까스로 피했지만, 엄청난 풍압이 정단오의 머리칼을 휘날리게 만들었다.

일전에 청와대 앞마당에서 곽무수가 불러냈던 리자드 맨을 연상시키는 파괴력이다.

어쩌면 파워 면에서는 리자드 맨보다 더 강력할지 모른다.

정단오는 마른침을 삼키며 바닥을 박찼다.

타닷!

공중으로 떠오른 그의 몸이 크게 선회했다.

절정의 비기, 선풍각(旋風脚)이 시전되고 있었다.

선풍각을 펼치는 정단오의 다리에는 뚜렷한 강기가 맺혀 있었다.

강기를 두른 그의 선풍각을 제대로 막아낸 상대는 400년 넘는 세월 동안 한 손으로 꼽을 정도였다.

꽈앙-!

그리고 오늘, 또 다른 한 명이 추가됐다.

리처드는 아무렇지 않게 주먹으로 선풍각을 쳐냈다.

타다다다다-.

꽤 멀리 튕겨나간 정단오가 자신의 다리를 쳐다봤다.

강기로 보호를 하고 있었음에도 바지가 찢어진 것은 물론, 촛대뼈가 욱신거렸다.

다른 능력자였으면 걷기도 힘들 정도의 피해를 입었다.

무지막지한 주먹으로 선풍각을 막아내고 반격을 가한 리처드가 다시 달려왔다.

쿵쿵쿵쿵!

지축을 울리며 달려드는 리처드는 그야말로 한 마리 사자였다.

그의 등 뒤에 포개진 붉은 사자 형상은 누구든 굴복시킬 수 있을 것 같았다.

후웅- 후우웅-.

마구잡이로 휘두르는 것 같지만, 리처드의 두 주먹은 어마어마한 파워와 스피드를 담고 있었다.

급히 일어난 정단오가 연신 뒤로 물러섰다.

이대로 물러서기만 하면 답이 안 나온다.

정단오는 암흑기를 발동시켰다.

슈우우욱!

검은 그림자가 치솟아 정단오를 대신했다.

리처드는 아랑곳하지 않고 주먹을 휘둘렀다.

퍼어엉-.

그의 앞발, 아니 왼쪽 주먹이 암흑기를 터트렸다.

뒤이어 오른쪽 주먹이 한 걸음 물러선 정단오를 쫓아갔다.

빠가각!

결국 정단오는 왼쪽 어깨를 내어줄 수밖에 없었다.

그의 어깨에서 뭔가 부서지는 소리가 울렸다.

쿠당타탕!

다시 한 번 튕겨나가며 쓰러진 정단오가 눈살을 찌푸렸다.

말로 표현할 수는 없지만, 온몸이 흔들릴 정도의 고통이 느껴졌다.

그의 왼팔은 얼음 화살을 막아내던 시점부터 타격을 입어왔다.

붉은 사자가 강림한 리처드의 주먹에 맞으며 왼쪽 어깨가 부서진 것 같았다.

적어도 지금 이 싸움에서는 더 이상 왼팔을 쓸 수 없다.

오른팔에 솟아 흐릿하게 일렁이고 있는 혼연의 검에 모든 것을 걸어야 한다.

"크허어어엉-!"

정단오에게 타격을 입히고 만족했는지, 리처드가 사자후를 터트렸다.

정단오는 오른손에서 뿜어진 혼연의 검에 모든 기운을 모으며 정신을 집중했다.

100여 년 전, 지켜주지 못했던 독립군 동지들의 얼굴이 떠올랐다.

아티팩트를 뺏기고 억울하게 죽어간 그 후손들의 시신 사진이 리플레이 됐다.

가까스로 위험에서 구해내며 마음을 나누게 된 이지아의 미소가 보고 싶었다.

여기서 쓰러지면 그 모든 인연이 무위로 돌아간다.

언제나 인생의 허무함을 느끼며 살아왔던 정단오는 지금 이 순간, 반드시 살아야겠다는 생각을 했다.

그가 간절히 무언가를 바라본 적이 얼마만인가.

400여 년의 세월을 거슬러 처음으로 결집된 의지가 타올랐다.

흐릿하게 희미해지던 혼연의 검이 다시금 빛을 발했다.

푸른색 광채가 한층 뚜렷해졌다.

정단오는 입술을 굳게 다물고 혼신의 힘을 담아 리처드에게 달려갔다.

리처드도 붉은 사자의 힘을 등에 업은 채 정단오를 향해 쇄도해왔다.

찰나의 순간이 영원처럼 길게 느껴졌다.

샤아아아악-.

리처드의 몸에서 튀어나온 붉은 사자의 목을 향해 혼연의 검이 쏘아졌다.

리처드의 주먹이 정단오를 후려치려는 그때, 푸른빛 혼연의 검이 붉은 사자의 목덜미를 꿰뚫었다.

푸슈슈슈슉!

김이 빠지는 소리가 들렸다.

거짓말처럼 리처드의 강신술이 해제됐다.

투욱-.

거의 동시에 리처드의 주먹이 정단오의 얼굴을 때렸다.

하지만 그의 주먹에 더 이상 붉은 사자의 힘이 실려있지 않았다.

아슬아슬한 차이로 혼연의 검이 붉은 사자를 소멸시켰기 때문이다.

강신술이 해제된 리처드의 주먹은 정단오에게 어떤 타격도 입히지 못했다.

정단오의 오른손에서 혼연의 검이 사라졌다.

붉은 사자를 소멸시키며 제 할 일을 다 했기 때문이다.

정단오는 넋이 나간 채 어안이 벙벙해진 리처드 브로넌을 쳐다보며 말했다.

"너의 죽음이 혼돈을 끝내고 새로운 세상을 열 것이다."

콰두두둑!

정단오의 오른손이 리처드의 목을 기괴한 각도로 꺾어버

렸다.

축 늘어진 리처드의 몸이 허수아비처럼 땅에 쓰러졌다.

생명력을 소모하고 마지막 싸움을 지켜보던 가브리엘라도 눈을 감았다.

세계 원로회의 부의장, 그리고 본부 전력의 절반 이상이 백악산 중턱에서 목숨을 잃었다.

불멸의 지배자, 이터널 마스터 정단오.

그는 거대한 성벽처럼 굳건히 서서 세계 원로회 검증단의 시험을 받아냈다.

이로써 혼돈이 저물고 새로운 세상이 열릴 것 같았다.

전 세계에 카오스를 선물한 것도 정단오였고, 그 혼돈을 끝내고 새로운 가능성을 열어준 것도 정단오였다.

인류는 그가 남긴 발자취를 영원히 잊지 못할 것이다.

역사(歷史)는 영어로 히스토리(History)이다.

말 그대로 정단오의 이야기, 그의 이야기(His Story)가 역사를 장식하고 있었다.

종장(終章)

"편히 쉬십시오, 마스터."

김상현이 90도로 허리를 숙였다.

그는 인천 국제공항의 출국 게이트에서 소중한 두 사람을 배웅하고 있었다.

정단오와 이지아는 서로의 손을 꼭 잡은 채 김상현의 인사를 받았다.

"놀러 와라, 김상현."

"당연히 그래야지요. 조만간 인사를 드리러 가겠습니다."

"고마웠어요, 상현 씨."

"아닙니다. 함께 하는 내내 즐거웠습니다, 지아 씨."

짧지만 진심이 깊게 묻어나는 인사가 오갔다.

정단오가 세계 원로회의 검증단을 쓰러트리고, 참으로

많은 일이 일어났다.

세계 원로회 의장 론 반 스트라텀은 비공식적으로 백기를 들었다.

부의장이 죽고, 전력의 전부를 차지하던 월드 클래스 레벨의 능력자 대다수를 잃은 론 반 스트라텀 혼자서는 아무것도 할 수 없었다.

세계 각국은 능력자의 존재를 자연스럽게 받아들이려 노력하고 있었다. 또한 세계 원로회는 UN처럼 권력은 가지지 않고, 능력자들의 의사를 대표하는 기구가 되어 각국 정부에 협조했다.

아직까지 혼돈은 잦아들지 않았고, 여기저기에서 능력자들의 존재를 알게 됨으로 인한 시행착오가 발생하고 있었다.

하지만 능력자들은 더 이상 음지에 숨어 살 필요가 없어졌고, 일반인들과 어울려 살아가는 법을 배우기 시작했다.

일반인들도 능력자들을 세계의 일부러 받아들이는 법을 연습하는 중이었다.

예전처럼 사람들이 모르는 은밀한 곳에서 권력자와 능력자가 결탁하여 비리를 저지를 가능성은 현저하게 낮아졌다.

전 세계는 한국에서 발동된 카오스 1호 체제 이후 모든 게 공개된 투명한 사회로 나아가고 있었다.

정단오는 카오스 1호 체제를 해제했고, 총리 대행에게 모든 권한을 평화적으로 넘겨줬다.

자유를 얻은 선비촌 사람들은 각자의 의지대로 더 이상

억압을 받지 않고 새로운 삶을 살아갔다.

과연 이 세계가 어떤 모습으로 변할지는 누구도 짐작할 수 없다.

어쩌면 능력자들의 존재가 감춰져 있던 시절보다 더 많은 부작용이 나타날지도 모른다.

거기까지는 정단오의 소관이 아니었다.

그는 혼돈으로 이전 세계의 더러운 고리를 끊어버리며 새로운 세상을 향한 가능성을 가져왔을 뿐이다.

이 가능성을 발판 삼아 더 나은 세상을 만드는 것은 세계인 모두의 몫이다.

"늦지 않게 찾아가겠습니다."

"편안하게 쉴 곳을 마련해놓고 기다리겠다."

정단오는 김상현의 어깨를 두드리고 몸을 돌렸다.

김상현은 이지아의 손을 꽉 잡고 걸어가는 정단오의 뒷모습을 오래도록 지켜보고 서있었다.

새로운 인생을 위해 인도네시아 발리로 떠나가는 정단오는 불멸의 지배자가 아니라 행복한 일상을 추구하는 평범한 한 사람의 남자가 된 것 같았다.

「집행자 4권 完」

집행자

1판 1쇄 찍음 2015년 7월 07일
1판 1쇄 펴냄 2015년 7월 10일

지은이 | 묘　재
펴낸이 | 정　필
펴낸곳 | 도서출판 **뿔미디어**

편집장 | 이재권
기획 · 편집 | 안리라

출판등록 | 2002년 9월 11일 (제1081-1-132호)
주소 | 경기도 부천시 원미구 소향로 17번길(두성프라자) 303호 (우)420-864
전화 | 032)651-6513 / 팩스 032)651-6094
E-mail | bbulmedia@hanmail.net
홈페이지 | http://bbulmedia.com

값 8,000원

ISBN 979-11-315-6548-3 04810
ISBN 979-11-315-1988-2 04810 (세트)

※파본은 구입하신 서점에서 교환하여 드립니다.